El
DIARIO DE TU
SOMBRA

El
DIARIO DE TU
SOMBRA

Una guía para integrar y trascender a tu sombra

Keila Shaheen

PRIMERO
SUEÑO PRESS

———

ATRIA

Nueva York   Londres   Toronto   Sídney   Nueva Delhi

PRIMERO
SUEÑO PRESS

ATRIA

An Imprint of Simon & Schuster, LLC
1230 Avenue of the Americas
New York, NY 10020

First Primero Sueño Press/Atria Paperback edition October 2024

ATRIA PAPERBACK and colophon are trademarks of Simon & Schuster, LLC

Simon & Schuster: Celebrating 100 Years of Publishing in 2024

For information about special discounts for bulk purchases, please contact Simon & Schuster Special
Sales at 1-866-506-1949 or business@simonandschuster.com.

The Simon & Schuster Speakers Bureau can bring authors to your live event. For more information
or to book an event, contact the Simon & Schuster Speakers Bureau at 1-866-248-3049 or visit our
website at www.simonspeakers.com.

Manufactured in the United States of America

1 3 5 7 9 10 8 6 4 2

Library of Congress Cataloging-in-Publication Data has been applied for.

ISBN 978-1-6680-7013-0
ISBN 978-1-6680-7052-9 (ebook)

DESCARGA *la* APLICACIÓN

ESCANEA AQUÍ

EL ESPACIO DONDE SE UNEN LA TECNOLOGÍA Y LA TRANSFORMACIÓN INTERIOR

· Seguimiento de detonantes emocionales

· Conexión con tus sentimientos

· Consignas para tu diario

· Ejercicios sanadores

· Observación de patrones emocionales a lo largo del tiempo

DECLARACIÓN
de INTENCIÓN

Yo, _____, prometo en este día comprometerme con mi crecimiento personal y mi aceptación. Prometo completar este diario con el corazón abierto y con buenas intenciones. Reconozco que en mi ser hay tanto partes puras como partes heridas, y elijo abrazarlas y estimularlas a ambas. Ansío quitarle el velo a mi sombra y brindar más luz al mundo a través de mi proceso de autorreflexión y sanación.

_____

FIRMA

_____

FECHA DE INICIO

_____

FECHA DE FINALIZACIÓN

QUERIDO/A LECTOR:

Soy Keila Shaheen, la creadora de este diario y tu acompañante en este camino de transformación. Ahora que sostienes este diario entre tus manos, ten por seguro que somos espíritus afines unidos en nuestra misión por lograr un crecimiento interior, en nuestro intento por comprendernos más profundamente, tanto a nosotros/as mismos/as como al mundo en general.

Como tantas otras personas, he transitado por la vida intentando encajar, y a menudo me he sentido fuera de lugar. Al ingresar al mundo corporativo tras el COVID, me encontré experimentando una ansiedad social intensa y me sentí profundamente desconectada de los demás, un reflejo de mi propia desconexión interna. Prosperaba en las interacciones individuales, pero me perdía en los grandes grupos, con pensamientos que se precipitaban a toda velocidad pero que yo no expresaba. Fue durante estos momentos difíciles que recurrí a la única constante en mi vida: mi diario.

La expresión «trabajo con la sombra» me llegó de modo fortuito mientras exploraba maneras de sanar y de comprenderme. El concepto de Carl Jung caló muy hondo en mí porque le daba un nombre y una estructura al trabajo de introspección que yo había estado haciendo. Este diario, que comenzó como un santuario personal, se convirtió en una misión: compartir con el mundo el poder del trabajo con nuestra sombra. Esta transformación me llevó a la creación de Zenfulnote, una plataforma dedicada a guiar a otros/as en su camino hacia el autodescubrimiento y el bienestar holístico.

Me he dado cuenta de que, en esta era tan volátil y de intensos cuestionamientos, la humanidad se encuentra en una encrucijada: anhela un mensaje profundo que conecte a nuestro ser más íntimo con los vastos misterios del universo. Ya no nos contentamos con explicaciones superficiales, sino que tendemos a explorar el significado más profundo de nuestra existencia. Al embarcarnos en esta práctica introspectiva, no solo obtenemos un entendimiento de nuestra propia psiquis, sino que sacamos provecho de la sabiduría colectiva que ha guiado a la humanidad a través de generaciones. Este proceso de exploración y descubrimiento no es solo un camino hacia la iluminación personal, sino también un paso hacia una comprensión más profunda y colectiva de la experiencia humana en su conjunto. En esencia, este diario es un puente entre el individuo y el universo.

Para mí, el trabajo con nuestra sombra es un viaje sincero hacia el propio ser. Consiste en pelar las capas de psiquis para revelar nuestros temores, verdades y deseos ocultos. Es un proceso mediante el cual aceptamos nuestra humanidad: nuestras imperfecciones, vulnerabilidades y fortalezas. A través de esta práctica, encontré mi propósito, mi voz y una profunda sensación de plenitud. Me ha enseñado el valor de la autoconciencia y de la compasión, no solo por mí misma sino por el mundo que me rodea. El diario de tu sombra es la culminación de ese camino y el principio del tuyo. Con más de un millón de copias vendidas tan solo en los Estados Unidos y versiones publicadas en al menos veintisiete países alrededor del mundo, este diario ha tocado innumerables vidas. Para mí, su impacto ha tenido un inmenso alcance y me ha llenado de humildad. A medida que te aventures en estas páginas, mi deseo es que encuentres en ellas un espejo para tu alma, un espacio donde enfrentarte a tu sombra y aceptarla y una guía para vivir una vida completa y auténticamente tuya.

Bienvenido/a al camino del trabajo con tu sombra. Deseo que sea tan esclarecedor, transformador y sanador para ti como lo fue para mí.

Con amor,

Keila Shaheen

PARTES

CONTENIDO

1. INTRODUCCIÓN AL TRABAJO CON LA SOMBRA

2. EJERCICIOS PARA EL TRABAJO CON TU SOMBRA

3. INTEGRACIÓN DE LOS EJERCICIOS PARA EL TRABAJO CON TU SOMBRA

4. CONSIGNAS PARA TU DIARIO

5. LLEGAR A LA RAÍZ

A MENOS QUE APRENDAS A ENFRENTAR TUS PROPIAS SOMBRAS, CONTINUARÁS VIÉNDOLAS EN LOS DEMÁS, PORQUE EL MUNDO EXTERIOR NO ES MÁS QUE UN REFLEJO DE TU MUNDO INTERIOR.

—CARL JUNG

1

Introducción al trabajo con la sombra

¿Qué es el trabajo con la sombra?

El trabajo con la sombra se refiere a la revelación de lo desconocido. La sombra es un aspecto inconsciente de nuestra personalidad con el que el ego no se identifica. Tal vez experimentes tu sombra cuando esta se siente provocada en interacciones sociales, en relaciones y en episodios de ansiedad o tristeza.

La mente inconsciente contiene emociones reprimidas de acontecimientos dolorosos, lo cual causa comportamientos impulsivos y patrones no deseados que conforman tu «lado oscuro». Es decir, la sombra está compuesta de las partes de tu persona que has olvidado, abandonado y reprimido para poder crecer y encajar en los constructos de la sociedad. Piensa en tu niñez; recuerda las maneras en que te expresabas y eras rechazado/a una y otra vez. Tal vez lloraste y te dijeron que dejaras de hacerlo. Tal vez te reíste a carcajadas en clase y tu maestro/a o tus compañeros/as te miraron mal.

Hay incontables maneras en las que pueden haberte regañado por algo que se consideraba «malo» y elogiado por algo «bueno», y así aprendiste a adaptar tu comportamiento acorde a lo que te dijeron. Estos aspectos reprimidos de tu persona no desaparecen para siempre. Quedan guardados bajo llave dentro de tu mente inconsciente. El trabajo con la sombra es el proceso mediante el cual se revelan, se aceptan y se integran estos aspectos de ti que has reprimido y rechazado. Las técnicas de *El diario de tu sombra* te permitirán sumergirte en focos de emociones reprimidas y trascender los efectos negativos que actualmente tienen en tu bienestar.

> El objetivo es transformar lo inconsciente en consciente para poder trabajar con estas emociones mediante la autorreflexión y la aceptación. Aunque cualquiera puede trabajar con su sombra, trabajar con un profesional de la salud mental matriculado/a es una buena opción, en especial para personas que han sufrido traumas severos y abuso.

Antes de comenzar el trabajo con la sombra es importante establecer la intención de identificar y cuestionar abiertamente tus propias reacciones. La sombra es evidente en las emociones fuertes y en la insatisfacción. Asegúrate de llevar un registro mental de estas sensaciones para entender realmente dónde ocurren ciertos patrones, y usa este diario como una herramienta para identificar lo que las ocasiona. Las páginas de «Cómo llegar a la raíz de tu sombra» son un recurso excelente para llevar un registro de tu sombra y su origen.

¿Por qué es importante el trabajo con la sombra?

El trabajo con la sombra tiene muchos beneficios. Tus dolores y detonantes emocionales pueden actuar como guías para ayudarte a entender qué cosas te importan de verdad, acercándote así al propósito de tu vida. Por otra parte, podrás identificar patrones tóxicos en tu vida y modificarlos por completo.

Otro beneficio del trabajo con la sombra es que desarrollarás más valor y confianza para enfrentarte a lo desconocido y encarnar a todo tu ser.

Desarrollarás un amor, una aceptación y un entendimiento más profundo de ti mismo/a, lo cual ayuda a mejorar tu relación con los demás. La práctica del trabajo con la sombra ayuda a separarte de tus pensamientos egocéntricos y aumentará tu empatía y compasión hacia los demás. Por su parte, la compasión promueve el ejercicio de otros tipos de emociones positivas, como la gratitud, que pueden mejorar tu salud mental y física.

Si no enfrentas a los elementos que componen tu sombra y lidias con ellos, estos pueden convertirse en las semillas de adversidades y prejuicios entre grupos de individuos sin representación, provocando todo tipo de situaciones, desde una pequeña discusión hasta una gran guerra. Reconocer los elementos que provienen de nuestra sombra es una parte integral de convertirnos en personas compasivas y razonables.

El padre del trabajo con la sombra: Carl Jung

El concepto de la sombra fue desarrollado por el psiquiatra y psicoanalista suizo Carl Jung. Jung creía que explorar la sombra era esencial para el crecimiento personal y la individuación, proceso mediante el cual nos convertimos en nuestro ser auténtico. La sombra alude a las partes inconscientes de nuestra psiquis que contienen nuestros pensamientos, sentimientos e impulsos reprimidos. Es el lado que rechazamos o escondemos de los demás, y a menudo de nosotros/as mismos/as. Sin embargo, estos aspectos de nuestra persona que están reprimidos pueden de todos modos influenciar nuestro comportamiento y nuestros estados emocionales.

Cómo entender la psiquis

«Psiquis» es un término que se utiliza para describir el universo interno de nuestros pensamientos, sentimientos y emociones. Es la fuente de nuestras experiencias, motivaciones y comportamientos, y está en constante evolución y cambio a lo largo de nuestras vidas. Entender la psiquis es clave para entendernos a nosotros/as mismos/as y al mundo que nos rodea.

> Jung creía que la psiquis se componía de varias partes diferentes pero interrelacionadas, incluidas la mente consciente y la inconsciente conformada por el inconsciente personal y el inconsciente colectivo.

La mente consciente (el ego) es la parte de nuestra psiquis que es consciente de nuestros pensamientos y experiencias. La mente inconsciente contiene pensamientos, sentimientos y experiencias que están fuera de aquello de lo que somos conscientes. El inconsciente personal es la parte de la psiquis que contiene pensamientos, experiencias y sentimientos reprimidos, mientras que el inconsciente colectivo es la parte de la psiquis que contiene arquetipos y símbolos y temas universales que todas las personas comparten. Uno de los beneficios clave de entender la psiquis es lograr una mayor autoconciencia. Cuando tenemos un mejor entendimiento de nuestros pensamientos, sentimientos y emociones podemos tomar decisiones más conscientes, mejorar nuestras relaciones con los demás y reducir la ansiedad y la aflicción emocional.

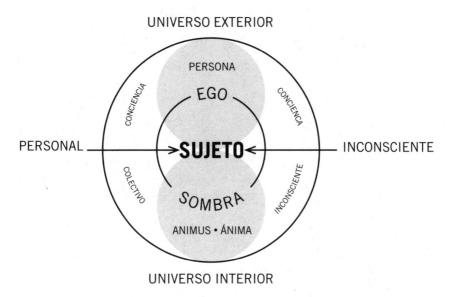

UNIVERSO EXTERIOR

PERSONA

EGO

CONCIENCIA

CONCIENCA

PERSONAL ——— →SUJETO← ——— INCONSCIENTE

COLECTIVO

INCONSCIENTE

SOMBRA

ANIMUS • ÁNIMA

UNIVERSO INTERIOR

Figura 1: Modelo de la psiquis según Jung

Jung creía que explorar la psiquis era esencial para el crecimiento personal y para la individuación, es decir, el proceso mediante el cual nos convertimos en nuestro ser auténtico. Creía que, a través de la indagación de la mente inconsciente, podíamos entender mejor nuestras motivaciones, reacciones y comportamientos, e implementar cambios para vivir vidas más auténticas. Las teorías de Jung, basadas en el trabajo fundacional de su mentor, Sigmund Freud, han influenciado el campo de la psicología de manera significativa y han inspirado a generaciones posteriores de teóricos psicoanalíticos a desarrollar y diversificar estos conceptos aún más. Hoy en día, el estudio de la psiquis es un campo interdisciplinario que toma de la piscología, la neurociencia, la filosofía y la espiritualidad.

«El encuentro de dos personalidades es como el contacto de dos sustancias químicas: si hay alguna reacción, ambas se transforman».
—CARL JUNG

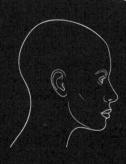

TRAMPAS MENTALES

ANCLAJE
Lo primero que juzgas influencia a tu juicio de todo lo que le sigue.

SESGO DE CONFIRMACIÓN
Tiendes a aquellas cosas que confirman tus creencias actuales.

REACTANCIA
Preferirías hacer lo opuesto a lo que alguien quiere que hagas.

FALACIA DEL COSTO SUMERGIDO
Te aferras de manera irracional a cosas que ya te han costado algo.

EFECTO DUNNING-KRUGER
Cuanto más sabes, menos seguridad tiendes a tener en ti mismo/a.

EFECTO REBOTE
Cuando se desafían tus creencias más profundas, puedes llegar a creer en ellas con más firmeza.

DECLINISMO
Recuerdas el pasado mejor de lo que fue y asumes que el futuro será peor de lo que seguramente será.

EFECTO DE ENMARCACIÓN
Permites que te influencien el contexto y la oratoria.

SESGO DE NEGATIVIDAD
Permites que las cosas negativas influencien tu pensamiento de manera desproporcionada.

Cómo trabajar con la sombra

El trabajo con la sombra requiere que exploremos los aspectos inconscientes de nosotros/as mismos/as en un ambiente seguro y controlado. Esto puede incluir escribir en un diario, meditar, hacer terapia o trabajar con un maestro o guía espiritual (*El diario de tu sombra* puede actuar como tu guía). El propósito del trabajo con la sombra es llevar al inconsciente hacia la conciencia e integrarlo en nuestras vidas. De este modo, podemos lograr un mayor entendimiento de nuestras motivaciones, reacciones y comportamientos, y realizar cambios para vivir vidas más auténticas. Todos tenemos múltiples aspectos que nos conforman, y si no aceptamos la totalidad de nuestro ser, no seremos capaces de vivir una vida plena y auténtica. El proceso mediante el cual integramos a la sombra nos lleva a la autoaceptación, al perdón y al amor incondicional.

Para eliminar la sombra, debes estar dispuesto a comprender los momentos de negatividad y cuestionarte acerca de su procedencia. Usa las páginas de «Cómo llegar a la raíz de tu sombra» de este diario cuando notes que empiezas a irritarte, a enojarte, a ponerte ansioso/a o triste. Cuando te enfrentes a tu sombra, es importante que tomes pequeñas medidas positivas que mejoren tu bienestar físico y mental. Bebe más agua de la que consideres necesaria, arregla más tu vestimenta, date una ducha, lávate la cara, come algo ligero y sano, haz ejercicios de respiración o escucha música que te guste. Sé consciente de que el malestar es pasajero y de que pronto te sentirás bien de nuevo.

> *«Conocer tu propia oscuridad es la mejor manera de lidiar con la oscuridad de otros/as».*
> —CARL JUNG

La sombra carga con todas las cosas que no queremos saber acerca de nosotros/as mismos/as o que no nos gustan. A pesar de ser difícil y doloroso, es importante que trabajemos para hacernos cargo de nuestra sombra y así involucrarla en una relación con nuestra conciencia. Aceptar a nuestra sombra es una parte importante de la autoconciencia y de nuestra sanación. A medida que transitas por *El diario de tu sombra*, recuerda demostrarles amor incondicional a esas partes de tu ser.

La mentalidad: autocompasión

Uno de los aspectos clave del trabajo con la sombra es la autocompasión. Cuando comienzas a explorar la sombra, enfrentarte a las partes de ti que rechazas o escondes puede ser un desafío. Es importante no abordar el trabajo con la sombra con una actitud crítica, así como tratarte a ti con la misma bondad y compasión que le demostrarías a un amigo. De este modo, puedes crear un ambiente seguro que sirva de apoyo en la exploración y el crecimiento.
La autocompasión supone reconocer y aceptar nuestras propias limitaciones humanas, nuestros fracasos y nuestras experiencias de sufrimiento, en lugar de la autocrítica y el juicio severos.

Nuestra cultura a menudo pone énfasis en el perfeccionismo y el logro individual, lo cual puede llevar a sentimientos de ineptitud y autocrítica cuando no damos la talla.

> *La autocompasión es el cimiento para darle sentido a nuestra vida, ya que solo a través de la lente de la bondad y la comprensión hacia nosotros/as mismos/as es que realmente podemos ver y aceptar a los demás.*

La importancia de centrarse

Otro aspecto importante del trabajo con la sombra es el de centrarse, o el *grounding*. Centrarse es una técnica que ayuda a que nos conectemos con el momento actual, con nuestros cuerpos, y a que encontremos estabilidad y equilibrio en un mundo caótico. Ayuda a reducir el estrés y la ansiedad desplazándonos de nuestros propios pensamientos y ubicándonos en el ahora. El trabajo con la sombra puede ser intenso y un desafío emocional, por lo que es importante tomar medidas para asegurarnos de estar en un estado mental seguro y estable antes y después del proceso. Esto puede incluir la meditación, la respiración profunda u otras prácticas que te ayuden a sentirte centrado. Siempre que te haga falta, consulta el ejercicio «Liberar la energía estancada» en la página 50 donde encontrarás algunas opciones que te ayudarán a centrarte.

Es importante centrarte antes y después de usar *El diario de tu sombra.*

Estas son algunas maneras de centrarte con facilidad:

1. Simple reconocimiento
Reconoce la humanidad compartida. Recuerda que todos tenemos contratiempos, fracasos y momentos de sufrimiento. No estás solo/a, y tus experiencias son una parte normal de la experiencia humana.

2. Autocuidado
Involúcrate en actividades que te produzcan alegría, relajación y una sensación de bienestar. Esto puede incluir cosas como el ejercicio, los pasatiempos, compartir momentos con seres queridos y dormir lo suficiente.

3. Afirmaciones
Usar afirmaciones positivas puede ayudarte a reducir el estrés y a aumentar la sensación de bienestar.

4. Estimulación sensorial
Estimular nuestros sentidos a través de actividades como caminar al aire libre, oler aceites esenciales o comer un plato nutritivo puede ayudarnos a regresar al momento presente.

5. Respiración profunda
Respirar de forma pausada y profunda puede ayudar a calmar la mente y reducir el estrés.

Cómo identificar a tu sombra

Identificar a tu sombra a menudo comienza con notar tus detonantes, reconocer patrones en tu comportamiento y en tus experiencias de vida y comprender tus proyecciones.

1. Notar tus detonantes

Los detonantes producen respuestas emocionales que a menudo son intensas y aparentemente desproporcionadas en relación con la situación que las desencadena. Son indicadores de que una parte de ti, en general un aspecto de tu sombra, se siente amenazada o herida. Cuando algo activa un detonante emocional, sientes como si estuvieras reaccionando de manera automática, sin mediar una elección consciente. Los detonantes son indicios valiosos que apuntan a tus problemas de raíz no resueltos, o «sombras». Para identificar tus detonantes, toma algo de distancia y analiza con objetividad las situaciones que provocan que reacciones con intensidad. ¿Hay algún tema o factor común? Podría ser una palabra, una acción, un tipo de persona o hasta un lugar lo que causa una agitación emocional en ti una y otra vez.

2. Reconocer patrones

Los patrones que buscamos son comportamientos repetitivos que tal vez no te sirvan de nada, pero de los que parece costarte trabajo deshacerte. A menudo se manifiestan en tus relaciones, elecciones, reacciones o hábitos. Estos patrones pueden ser una señal de una sombra que está intentando hacerse notar. Reconocer estos patrones requiere autorreflexión. Considera los denominadores comunes en tus experiencias, relaciones y reacciones pasadas. ¿Te atraen constantemente ciertos tipos de relaciones o situaciones similares y acabas siempre con los mismos resultados negativos? ¿Tiendes a reaccionar siempre igual, aunque preferirías no hacerlo? Estos patrones repetitivos podrían indicar áreas donde el trabajo con la sombra sería beneficioso.

3. Comprender tus proyecciones

Las proyecciones son aspectos nuestros que colocamos en otros/as de manera inconsciente. Pueden ser tanto cualidades que admiramos como características que detestamos. Cuando tenemos una reacción emocional fuerte frente al comportamiento o las cualidades de otra persona, a menudo esto se debe a una parte nuestra de la que renegamos: un aspecto de nuestra sombra.

Para entender tus proyecciones, considera las características en otros/as que te resultan extremadamente irritantes o, por el contrario, que admiras de manera desmedida. Luego, pregúntate si esas características podrían corresponder a partes de ti de las que has renegado o que has idealizado.

4. Presta atención a los sueños

Tus sueños son una rica fuente de simbolismo, una bóveda inconsciente. Intenta recordar y registrar tus sueños apenas despiertes. Analiza los símbolos, las emociones y los temas presentes en tus sueños. Pueden brindarte una valiosa comprensión de tus sombras, temores, deseos y partes de ti que no se han expresado.

5. Explora experiencias de tu niñez y del pasado

Piensa en tu niñez, en tu dinámica familiar y en acontecimientos significativos de tu vida. Identifica temas no resueltos, traumas o necesidades no satisfechas que puedan haber contribuido al desarrollo de tus sombras. Explorar estas experiencias con compasión y curiosidad puede llevar a una profunda sanación e integración.

Tres señales de que es hora de trabajar con un/a profesional

1. Emociones abrumadoras

Si te sientes constantemente abrumado/a, ansioso/a o deprimido/a y eso impacta de manera negativa en tu vida diaria, podría ser hora de buscar ayuda profesional.

2. Sueños o pesadillas recurrentes

Los sueños persistentes y angustiantes pueden indicar que hay temas sin resolver en tu inconsciente. Un profesional de la salud mental puede no solo ayudarte a decodificar, sino también ayudarte a trabajar con estos problemas.

3. Retraimiento social

Si notas que te alejas de tus seres queridos, que evitas eventos sociales o que sientes soledad, podría ser una señal de que necesitas apoyo para transitar tu mundo interior. Trabajar con un/a profesional puede ser increíblemente provechoso y es muy recomendable cuando te involucras en este tipo de sanación más profunda, si necesitas algo de apoyo mientras comienzas tu trabajo de descubrimiento.

¿Te interesa trabajar tu sombra con un terapeuta?

Ventajas de trabajar con terapeutas

1. Tienen muy claro el alcance de su profesión (y sus limitaciones).

2. Hacen preguntas que te permiten reflexionar acerca de ti en el contexto de las experiencias vividas.

3. Ante todo, establecen seguridad y se ganan tu confianza gradualmente.

4. Hacen un seguimiento de tu progreso a lo largo de la experiencia.

5. Te enseñan acerca de la disregulación y la regulación emocional.

6. Presentan con delicadeza nuevas opciones de respuesta y reacción.

7. Sientes que te ven y te oyen.

Cómo integrar a tu sombra

El golpeteo de la técnica de liberación emocional (EFT, según su sigla en inglés) es una herramienta terapéutica poderosa que combina elementos de la terapia cognitiva y de la acupresión. Puede ser un método muy valioso para integrar a tu sombra y facilitar una sanación emocional profunda. Al combinar secuencias de golpeteo específicas en puntos meridianos con la atención enfocada en emociones y creencias no resueltas, la EFT puede ayudar a liberar bloqueos energéticos, promover la autoaceptación y facilitar la integración de aspectos de la sombra. Más adelante en *El diario de tu sombra* exploraremos cómo usar el golpeteo de la EFT como un modo de integrar a tu sombra y promover una sanación holística.

Para empezar el golpeteo de la EFT, identifica los aspectos de tu sombra que quieres integrar. Reflexiona acerca de las emociones, creencias o recuerdos que surgen cuando piensas acerca de estos aspectos. También deberás familiarizarte con los puntos de golpeteo básicos usados en la EFT. Estos puntos incluyen la coronilla, el nacimiento de la ceja, el lateral del ojo, debajo del ojo, debajo de la nariz, la barbilla, la clavícula y debajo del brazo. Golpetea con delicadeza cada punto con dos o tres dedos mientras repites una afirmación relevante o te enfocas en la emoción asociada.

Otra técnica es usar afirmaciones de nuestro niño/a interior. Crea afirmaciones que lidien específicamente con las sombras que has identificado. Las afirmaciones deben redactarse en el tiempo presente y reflejar la autoaceptación, la sanación y la integración.

La toma de conciencia continua es una herramienta poderosa para integrar sombras y promover el crecimiento personal. Al convertirte en una «red para mariposas» de tus detonantes y de tus pensamientos negativos, puedes involucrarte activamente en la identificación, la comprensión y la integración de tu sombra. Esta práctica cultiva la autoconciencia, te empodera para responder conscientemente y abre la puerta a la transformación y la sanación.

Cómo entender los detonantes emocionales

Vergüenza

La vergüenza es una emoción intensa que surge cuando crees que hay algo fundamentalmente mal con como eres. Es una experiencia profundamente dolorosa y solitaria que puede provenir de sentirse indigno/a, inadecuado/a o humillado/a. La vergüenza se puede manifestar como una gran carga que nos hunde y nos hace sentir pequeños e indignos del amor y la aceptación. A menudo surge de las expectativas sociales, de traumas pasados o de creencias internalizadas. Sobreponerse a la vergüenza requiere de compasión, autoaceptación y del reconocimiento de nuestro valor inherente como seres humanos.

Culpa

La culpa aparece cuando creemos haber hecho algo malo o violado nuestro propio código moral. Es una forma de autocondena y reproche, mezclada con una sensación de arrepentimiento. La culpa puede ser una emoción constructiva porque revela tus valores y te ayuda a aprender de tus errores. Señala la necesidad de la responsabilidad y nos alienta a enmendar o cambiar nuestro comportamiento. Cuando no se controla, la culpa puede transformarse en una carga abrumadora, llevar a una autocrítica excesiva y prevenir el crecimiento personal.

Ira

La ira es una emoción poderosa y compleja que surge en respuesta a amenazas percibidas, a la injusticia o a la frustración. Puede ir de un leve enojo a una ira intensa, y puede manifestarse como una respuesta física o emocional. La ira es una emoción natural y válida que revela una necesidad de cambio o de límites. La ira descontrolada o excesiva puede llevar a un comportamiento destructivo y al daño a nosotros/as mismos/as y a los demás.

Tristeza

La tristeza es una emoción profunda y aguda que surge en respuesta a una pérdida, una desilusión o a deseos no cumplidos. Hay una variedad de experiencias que pueden desencadenar la tristeza, como la pérdida de un ser querido, el fin de una relación o expectativas no cumplidas. Es una parte natural y necesaria de la experiencia humana.

Pena

Esta emoción surge de sentirse cohibido/a, torpe o humillado/a en situaciones sociales. A menudo ocurre cuando crees haber violado normas sociales. La pena continua puede llevar a sentir vergüenza y al deseo de esconderte.

Envidia

La envidia es una emoción de encubrimiento. Se muestra como ira o prejuicio, pero debajo es tristeza e insatisfacción con uno/a mismo/a. Puede llevarte a compararte con otros/as y a proteger lo que tienes.

Arrepentimiento

El arrepentimiento ocurre cuando sientes tristeza por acciones o decisiones pasadas. La realidad es que la mayoría de la gente se arrepiente más de lo que no hizo que de lo que hizo.

Miedo

El miedo es una emoción primitiva y poderosa que surge en respuesta a amenazas o peligros percibidos. Desencadena un efecto dominó de respuestas fisiológicas y emocionales para mantenernos «a salvo». El miedo puede actuar como un mecanismo de protección, pero el miedo irracional puede limitar nuestras experiencias y nuestro crecimiento. Sobreponernos al miedo implica entender sus principales causas, desafiar las creencias irracionales y exponernos de manera gradual a situaciones temidas de un modo seguro y compasivo.

> *El camino hacia el autodescubrimiento requiere de la voluntad de explorar las profundidades de nuestra sombra y las cumbres de nuestro potencial.*

EL PRIVILEGIO DE TODA UNA VIDA ES CONVERTIRTE EN QUIEN REALMENTE ERES.

—CARL JUNG

———

Cómo descomprimir luego del trabajo con tu sombra

Nuestros compasivos terapeutas en Zenfulnote han compartido consejos sabios para guiarte en la descompresión tras tu recorrido hacia lo más profundo de tu ser.

Consejo #1: Practica el movimiento moderado

Reconéctate con el ritmo de tu cuerpo a través de actividades serenas y edificantes. Nuestros terapeutas recomiendan hacer yoga o caminatas tranquilas rodeados/as de naturaleza. Estos no son meros ejercicios físicos; son rituales de descompresión y rejuvenecimiento. A medida que te mueves, imagina que las tensiones físicas y mentales se disuelven y te dejan renovado/a y realineado/a.

Consejo #2: Honra tus necesidades singulares

La descompresión es tan individual como tu proceso. ¿Qué te pide tu voz interior? Tal vez sea la tarea reflexiva de escribir en un diario, el poder liberador de la energía del ejercicio o la quietud de un retiro personal. Este es un momento para priorizar y honrar tu bienestar, y entregarte a las prácticas que más se alineen con tus necesidades más profundas.

Consejo #3: Halla consuelo en la creatividad

La creatividad puede ser una poderosa aliada después del trabajo con tu sombra. Sumérgete en tareas creativas que iluminen tu espíritu. Ya sea a través de la pintura, la música, el horneado o cualquier otra actividad creativa, permite que estas sean un conducto para tus emociones.

Cómo valorar tu proceso

A medida que recorre este camino transformador, recuerda que la acción de descomprimir es tan significativa como el trayecto mismo. Es en estos momentos de autocuidado y reflexión que alcanzas una mayor comprensión de ti mismo/a, que nutres tu mente, tu cuerpo y tu espíritu. Permítete entregarte de lleno a estas prácticas, honrando tu progreso y el camino que recorres hacia convertirte en un ser más iluminado y armonioso.

Durante tu recorrido por el proceso transformador del trabajo con tu sombra, es esencial reconocer las señales que muestran que está ocurriendo una sanación. Estas señales son sutiles pero profundas y significan que vas en la dirección correcta. Nuestros terapeutas en Zenfulnote han identificado indicadores clave para ayudarte a reconocer y celebrar tu progreso. Las siguientes son tres señales de que te encuentras en el camino hacia la sanación:

- **Integración de tu sombra:** *La sanación se manifiesta como una toma de conciencia y una aceptación aumentadas con respecto a todas las partes de tu ser, incluidas aquellas que tal vez antes habías pasado por alto o no valorado lo suficiente. Esta toma de conciencia puede llevar a reconocer más pronto tus detonantes, promoviendo una autoconversación más armoniosa e interacciones más sanas con los demás.*

- **Patrones de sueños transformadores:** *A medida que sanas, tus sueños podrían evolucionar y reflejar este cambio positivo. Suelen comenzar a exhibir temas de transformación y resolución, lo cual indica que se están solucionando y reconciliando tus conflictos inconscientes.*

- **Sincronicidades aumentadas:** *Una señal intrigante de la sanación es la aparición de coincidencias significativas en tu vida. Estas sincronicidades, como las denominó Carl Jung, sugieren la profundización de una conexión entre tu proceso individual y el más amplio tapiz del universo. A menudo surgen como pequeñas afirmaciones o guías a lo largo de tu camino hacia la sanación.*

Si reconoces estas señales en tu propio camino, tómate un momento para reconocer tu progreso y el trabajo que le has dedicado a tu sanación. Estos marcadores dan testimonio de tu crecimiento y del poder transformador del camino que has recorrido. ¡Bien hecho!

A MENOS QUE HAGAMOS UN TRABAJO CONSCIENTE SOBRE ELLA, LA SOMBRA CASI SIEMPRE SE PROYECTA; ES DECIR, SE COLOCA CON CUIDADO SOBRE ALGUIEN O ALGO, ASÍ NO TENEMOS QUE HACERNOS RESPONSABLES DE ELLA.

—ROBERT A. JOHNSON,
autor de *Aceptar la sombra de tu inconsciente*

———————

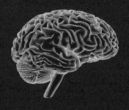

INCONSCIENTE

- Hábitos + Patrones

- Emociones

- Protección

- Control de las funciones fisiológicas

- Creencia

- Deseos

- Culpar, negar, mentir

- Apego a las cosas, a los pensamientos, a los sentimientos

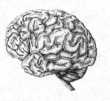

CONCIENCIA

- Lógica
- Filtro
- Análisis
- Movimiento
- Toma de decisiones
- Memoria a corto plazo
- Fuerza de voluntad
- Pensamiento crítico

2

Ejercicios para el trabajo con tu sombra

El proceso de entrenar a tu mente para que reconozca tus sombras puede tomar tiempo y esfuerzo. Para ayudar con esto, se recomienda reservar de cinco a diez minutos por semana para realizar una actividad de trabajo con la sombra. Esto te dará la oportunidad de reflexionar con intención sobre tus relaciones, reacciones y pensamientos internos.

Es importante recordar que estos ejercicios pueden causar incomodidad y ansiedad, pero eso es normal y una parte necesaria del proceso. Usa este capítulo como un diario para un registro de tus descubrimientos y percepciones, y para monitorear la evolución y el desarrollo de tu yo interior a lo largo del tiempo.

Emplea las actividades para el trabajo con tu sombra a tu propio ritmo y en el orden que más sentido tenga para ti.

Mapeo de tus heridas

EJERCICIO:

Para identificar las heridas de tu niño/a interior, examina los atributos que se enumeran en la página siguiente. Los cuatro tipos principales de heridas del niño/a interior son la confianza, la culpa, la indiferencia y el abandono. Es posible que sientas que tu experiencia personal se identifica con una o más de estas heridas.

POR QUÉ:

Las heridas o los traumas, en especial los de la niñez, pueden ser profundamente dolorosos. Este ejercicio tiene como objetivo ayudarte a identificar las heridas emocionales de tu niñez que podrían estar teniendo un impacto en tu vida actual. Estas heridas a menudo conducen a comportamientos y patrones de pensamientos negativos que no te hacen ningún bien. Al reconocer y comprender la(s) herida(s) de tu niño/a interior, puedes cultivar un mayor sentido de autocompasión y construir las bases para un proceso de trabajo exitoso con tu sombra.

HERIDA DE LA CONFIANZA

- Teme que lo hieran.
- No confía en sí mismo/a.
- Encuentra maneras de desconfiar de los demás.
- Se siente inseguro y necesita mucha validación externa.
- No se siente a salvo.
- Suele atraer a gente que no lo hace sentir a salvo.

HERIDA DE LA CULPA

- Se siente «apenado/a» o «mal».
- No le gusta pedir cosas.
- Usa la culpa para manipular.
- Teme poner límites.
- Suele atraer a gente que lo hace sentir culpable.

HERIDA DE LA INDIFERENCIA

- Le cuesta soltar.
- Tiene baja autoestima.
- Se enoja con facilidad.
- Le cuesta decir «no».
- Reprime emociones.
- Teme ser vulnerable.
- Suele atraer a gente que no lo valora ni lo considera.

HERIDA DEL ABANDONO

- Siente que lo «dejan afuera».
- Teme que lo dejen.
- Detesta estar solo/a.
- Es codependiente.
- Amenaza con irse.
- Suele atraer a gente que no está emocionalmente disponible.

Completar los espacios en blanco

¡Completa los espacios en blanco! Lee el párrafo hasta el final y completa los espacios en blanco sin titubear. Si no se te ocurre una palabra, intenta mirar alrededor tuyo, encuentra un objeto y piensa en una asociación de ideas con ese objeto. Luego regresa al párrafo e inténtalo de nuevo.

POR QUÉ:

Esta serie de ejercicios de «completar los espacios en blanco» para el trabajo con tu sombra es una práctica poderosa que te permite profundizar en tu mente inconsciente y explorar los aspectos ocultos de tu persona. Mediante el uso de palabras selectivas y de la asociación de ideas, puedes lograr una comprensión más profunda de tus emociones, creencias y comportamientos. Este ejercicio ofrece una oportunidad para echar luz sobre las sombras que residen en tu interior, y lograr una mayor autoconciencia y un mayor conocimiento de tu proceso interno.

**COMIENZA LA SERIE «COMPLETA LOS ESPACIOS EN BLANCO»
EN LA PRÓXIMA PÁGINA**

PARTE 1

Completa los espacios en blanco

Siempre siento que soy el/la _____.

_____ es la manera en que logro escapar.

_____ me trae paz.

Estoy tan cansado/a de _____ y de

_____ pero me entusiasma

_____ y _____.

Quiero intentar _____ para finalmente poder

_____.

Por alguna razón, siempre termino haciendo _____

_____.

Me merezco _____

y _____.

Preguntas para reflexionar

¿Por qué a veces me seduce la mentalidad de escasez?

¿Qué técnicas de autosuperación puedo usar para reemplazar mis pensamientos negativos con una creencia —sobre mí o la situación— que me empodere más?

¿Qué manera de pensar necesito adoptar para alejarme de mis creencias limitantes y enfocarme en lo que me entusiasma?

PARTE 2

Completa los espacios en blanco

En mi niñez me decían que no _____.

Eso me hacía sentir muy _____.

Siento que las cosas serían diferentes si _____

_____.

Me encantaría poder decirle al ser de mi niñez _____

_____.

Siento tanto agradecimiento por _____,

pero me habría gustado que los adultos que me criaron hubieran ____

_____

_____.

Preguntas para reflexionar

¿Qué recuerdos extraje de estos ejercicios?

¿Cómo puedo reformular estos recuerdos para que no me sigan hiriendo ni dificultando la vida en el futuro?

¿Cómo puedo brindarme un consuelo compasivo de manera constante, tal como lo haría con mi yo de la niñez?

PARTE 3

Completa los espacios en blanco

_____ es lo que más me

asusta. Cuando siento miedo o ansiedad tiendo a _____

_____. A veces es difícil

porque _____

_____

y eso me hace sentir _____

_____.

Mi ansiedad me enseña que _____

_____ y _____

_____. Entiendo que soy _____

_____, pero me amo de

manera incondicional.

Preguntas para reflexionar

¿A qué le temo actualmente y, si fuera a pasar, qué sería lo mejor que podría ocurrir?

Si mis temores y mis ansiedades fueran maestros, ¿qué me enseñarían?

¿Cómo puedo alcanzar una perspectiva más positiva acerca del futuro incierto?

PARTE 4

Completa los espacios en blanco

_____ me pone tenso/a.

Tiendo a sentir esta sensación de tensión en mi _____

_____.

Eso me pone muy _____

_____. Cuando esto ocurre, comienzo a _____

_____. Creo que es porque _____

_____ y _____

_____. La próxima vez

que me sienta tenso/a, haré _____

_____ para tranquilizarme.

Preguntas para reflexionar

¿Cuándo se apodera la ansiedad de mi mente y mi cuerpo? ¿Noto un tema común y recurrente con respecto a lo que desencadena mi ansiedad?

¿Qué puedo hacer a nivel físico para liberar mi energía ansiosa y mi tensión?

¿Qué pensamientos ayudan a calmar mi ansiedad? ¿Cómo puedo mejorar mi autoconversación para que sea menos autocrítica cuando afloran estas emociones?

PARTE 5

Completa los espacios en blanco

Durante mi niñez, me gritaban porque _____

_____.

Mi respuesta era _____ y

_____. A partir de entonces, siempre he sido

_____.

Me importan mucho _____ y

_____.

Ahora mis emociones se disparan cuando _____

_____.

Hoy guardo un espacio compasivo para la totalidad de mi ser y acepto

esta parte de mí.

Preguntas para reflexionar

¿De qué maneras me regañaron en mi niñez y en los años que le siguieron?

¿Cómo impacta eso en lo que decido hacer/no hacer en este momento? ¿De qué manera me reprimo debido a esas experiencias?

¿En qué actividades puedo participar para estimular a mi niño/a interior y poder llegar a expresarme totalmente?

PARTE 6

Completa los espacios en blanco

A medida que me hago mayor, siento como si la _____

parte de mí se alejara cada vez más. Siento _____

_____ al respecto. A veces la manera en que me saboteo es

_____

_____. Comprendo que estoy cambiando

constantemente y evolucionando a diario. Una manera en la que

puedo alentar a mi niño/a interior es _____

_____ y _____

_____. Siempre voy a reconocer mi parte _____

_____ y le brindaré

amor y reconocimiento a esa versión de mí.

Preguntas para reflexionar

¿Qué admiro de mi ser pasado que me gustaría poder seguir fomentando más en el presente?

¿Cuándo/dónde me hayo escondiendo partes de mi personalidad para poder encajar en el molde?

¿Qué creo que ocurriría si yo fuera mi ser pleno en esas ocasiones?

PARTE 7

Completa los espacios en blanco

En mi niñez lloraba cuando _____

_____.

Esto me ponía muy sensible porque _____

_____

_____.

El color de esta tristeza era _____ y se sentía

muy _____. Valoro tanto

_____.

Si pudiera decirle cualquier cosa al ser de mi niñez en esta situación, le

diría _____

_____

_____.

Preguntas para reflexionar

¿Está relacionada la razón de la tristeza en mi niñez con las razones por las que siento tristeza en mi adultez?

¿Cómo me comporto cuando siento tristeza? ¿Sirve o no esta reacción en mi comportamiento a mi ser más elevado?

¿Qué puedo hacer para liberar el dolor y la tristeza cuando surgen? ¡Cuáles son algunas de las cosas que me gusta hacer que me ponen de buen humor?

PARTE 8

Completa los espacios en blanco

En mi niñez quería ser _____

cuando fuera grande. ¡ _____ y

_____ me entusiasmaba

muchísimo!

Hoy, me entusiasma _____ y

_____. A medida que mis

pasiones y mis intereses evolucionan con el paso del tiempo, guardaré

un espacio para cultivar aquellas cosas que le den alegría al ser de mi

niñez. Esto podría ser _____ o _____

_____.

Preguntas para reflexionar

¿Qué es lo que más me entusiasma en esta vida? ¿Cómo puedo seguir estimulando esta pasión en la actualidad?

¿Qué me hace único/a y diferente?

¿Qué puedo soñar e imaginar para mí, ahora en mi adultez?

Liberar la energía estancada

EJERCICIO:

Elije una de las actividades de la página siguiente para liberar la energía atrapada y estancada. Sé consciente de cómo te sientes tanto antes como después de completar el ejercicio.

POR QUÉ:

En el mundo tanto de lo físico como de lo metafísico, todo es energía. Cuando te sientes «fuera de caja», eso significa que hay energía negativa atrapada en tu cuerpo. La energía estancada te hace sentir irritación y desequilibrio. Muchas veces, la energía estancada se manifestará como dolor o tensión en el cuerpo. Realizar acciones simples como bailar, caminar o meditar te ayudará a recobrar el equilibrio y soltar la energía estancada que todavía perdura almacenada en tu cuerpo.

TOCA LA
TIERRA

ESTÍRATE

DIBUJA O
GARABATEA

PON UNA
CANCIÓN QUE
TE ENCANTE
Y BAILA

ESCRIBE UN
POEMA

HAZ ARTE

HAZ UNA
MEDITACIÓN DE
GRATITUD

TOMA SOL
DURANTE DIEZ
MINUTOS

SAL A CAMINAR

DATE UNA DUCHA. VISUALIZA CÓMO
EL AGUA BARRE TODO RASTRO
DE ENERGÍA NEGATIVA QUE AÚN
PERDURA

Afirmaciones para tu niño/a interior

EJERCICIO:

Busca un espejo y, mientras miras tu reflejo, repítete en voz alta las afirmaciones para tu niño/a interior de la página siguiente. Repite las afirmaciones varias veces y nota cómo empiezas a sentirlas como algo más natural y como parte de tu verdad interior.

POR QUÉ:

Una afirmación es una frase o declaración positiva que puedes repetirte a diario o semanalmente. A través de las afirmaciones puedes reprogramar tu mente para enfocarte en las emociones y las creencias positivas que podrían ayudarte a recuperar de tus propios relatos negativos, del sufrimiento y de costumbres dañinas. Una vez que la repites lo suficiente, la afirmación quedará plasmada en tu conciencia interior, modificando así viejos patrones de pensamiento limitantes y desbloqueando nuevas creencias que ayudan a que alcances tu máximo potencial. Puedes cambiar tu manera de pensar, lo cual cambiará tu manera de actuar y te ayudará a convertirte en la persona que quieres ser.

Afirmaciones para tu niño/a interior

- Libero la sensación de culpa, dolor y vergüenza.

- Estoy protegido/a.

- Acepto todos los aspectos de mí y de mi personalidad.

- Soy amado/a.

- Soy capaz de cualquier sueño y merecedor/a de cualquier deseo.

- Sueño en grande.

- Estoy a salvo.

- Soy hermoso/a y me acepto como soy.

- Honro al/a la niño/a dentro de mí.

- Me demuestro compasión.

- Soy tanto más de lo que creía que podía ser.

- Mis necesidades y sentimientos son válidos.

- Me merezco la felicidad.

- Siento una paz reconfortante.

- Tengo mis sentimientos bajo control.

- Nadie puede infligir nada sobre mí que yo no pueda manejar.

- Me amo.

- Puedo protegerme.

- Me resulta fácil establecer límites firmes.

- Mi energía no tiene límite.

Afirmaciones para las heridas de confianza, culpa, indiferencia y abandono

EJERCICIO:

Busca un lugar tranquilo y cómodo donde nadie te moleste. Siéntate o quédate de pie en una postura cómoda y cierra los ojos un momento para centrarte. Abre los ojos y, frente a un espejo, repítete las siguientes afirmaciones en voz alta. Cada serie de afirmaciones se corresponde con una de las cuatro heridas de tu niño/a interior: confianza, culpa, indiferencia y abandono. A medida que dices cada afirmación, enfócate en la sensación de las palabras y permítete experimentar a fondo su significado. Además, este ejercicio incluye afirmaciones dirigidas a promover el amor propio y regular tu sistema nervioso para apoyar aún más tu integración y tu capacidad de centrarte durante el proceso de sanación.

POR QUÉ:

Las afirmaciones son herramientas poderosas para la sanación y la transformación, en especial cuando abordamos heridas emocionales profundamente arraigadas como la confianza, la culpa, la indiferencia y el abandono. Estas heridas a menudo provienen de experiencias en nuestros primeros años de vida y pueden moldear nuestras creencias y comportamientos en la adultez.

Afirmaciones para la confianza

- Estoy aprendiendo a confiar en mi intuición y en mi sabiduría interior.

- Acepto y me entrego a la confiabilidad y la fuerza dentro de mí.

- Todos los días construyo cimientos de confianza en mis relaciones.

- Confío en mi proceso y me entrego a la incertidumbre con coraje.

- Soy digno/a de confianza y confío con cautela, pero abiertamente.

- Me libero de traiciones pasadas y abro mi corazón para confiar una vez más.

- Confío en mi fuerza para navegar cualquier situación.

- Honro mi conocimiento interno y confío en mi camino.

- Confío en que me guían una sabiduría y un entendimiento superiores.

- Estoy aprendiendo que la confianza comienza en mi interior y se irradia hacia afuera.

- Confío en el desarrollo de mi vida y le doy la bienvenida a sus lecciones.

- Relajar mi mente es transformar mi mente.

Afirmaciones para la culpa

- Acepto mis decisiones pasadas y aprendo de ellas con compasión.

- Me libero del peso de una culpa innecesaria.

- Soy más que mis errores, y crezco todos los días un poco más.

- Me perdono y entiendo que sentirme culpable no es mi identidad.

- Estoy aprendiendo a tomar decisiones que se alinean con mis valores.

- Libero la vergüenza y acepto las lecciones que me ha dado.

- Mi pasado no define lo que valgo.

- Sigo adelante con una sensación de paz y autoaceptación.

- Honro mis sentimientos de culpa como guías hacia la toma de mejores decisiones.

- Me libero de la culpa y hago espacio para la alegría y la autocompasión.

- Elijo perdonarme.

- No me define la culpa que siento, sino la resiliencia que demuestro.

Afirmaciones para la indiferencia

- Soy digno/a de atención y cuidado.

- Elijo rodearme de gente que me valora y me respeta.

- Estoy aprendiendo a reconocer y satisfacer mis propias necesidades.

- Estoy sanando de la indiferencia y creciendo para convertirme en mi mejor versión. Merezco una vida llena de amor, cuidado y atención.

- Reconozco lo que valgo y lucho por mis propias necesidades.

- Merezco que me vean, me oigan y me cuiden.

- Expreso mis necesidades y busco mi realización con confianza.

- Estoy sanando de la indiferencia al cuidar mi cuerpo, mente y alma.

- Estoy creando una vida que refleja mis valores y lo que valgo.

- Estoy rompiendo el ciclo de indiferencia y eligiendo un camino de empoderamiento.

- Soy digno/a de un entorno edificante y atento.

Afirmaciones para el abandono

- Soy un todo dentro de mí mismo/a y no necesito la validación de nadie.

- Me libero del temor al abandono y acepto mi propia compañía.

- Me merezco relaciones estables y duraderas.

- Es extremadamente sano tener mis propios pensamientos, ideas, sentimientos y creencias.

- Estoy rodeado/a de amor y apoyo, incluso cuando estoy solo/a.

- Estoy creando una vida en la que me siento seguro/a, valorado/a y conectado/a.

- Lo que valgo no se ve disminuido por las acciones o la ausencia de los demás.

- Soy resiliente y capaz de sobreponerme a los temores de abandono.

- Me merezco conexiones duraderas y edificantes.

- Encuentro consuelo y fuerza dentro de mí, siempre.

- No estoy solo/a; soy parte de un universo que me apoya y me nutre.

- Celebro la fuerza que encontré al enfrentarme al abandono y sanar.

Afirmaciones para el amor propio

- Soy digno/a de amor y respeto de mí mismo/a y de los demás.

- Valoro ser único/a y celebro mi individualidad.

- Soy suficiente tal y como soy.

- Me trato con bondad, paciencia y comprensión.

- Merezco ser feliz y realizarme.

- Respeto mis límites y honro mis necesidades.

- Soy una persona valiosa e importante.

- Lo que valgo es independiente de las opiniones o acciones de los demás.

- Siento orgullo por la persona que soy y por la persona en quien me estoy convirtiendo.

- Me amo profunda e incondicionalmente.

- Estoy comprometido/a con mi crecimiento personal y mi bienestar.

- Elijo ver la belleza y la fuerza dentro de mí.

Afirmaciones para la regulación del sistema nervioso

- En este momento estoy a salvo y en paz.

- Permito que mi cuerpo se relaje y libere tensión.

- Inhalo calma y exhalo estrés.

- Mi mente está tranquila y mi cuerpo relajado.

- Mantengo el control de mis respuestas al estrés.

- Con cada respiración siento más serenidad y calma.

- Me permito experimentar y liberar mis emociones de forma segura.

- Absorbo la naturaleza de este mundo.

- Me trato con amabilidad durante momentos de ansiedad y estrés.

- Confío en mi habilidad para transitar emociones difíciles.

- Me permito bajar el ritmo y descansar.

- Mi cuerpo sabe cómo recobrar el equilibrio y la armonía.

EL PROCESO DE INTEGRACIÓN DE LAS SOMBRAS ES SEMEJANTE AL DE LA ALQUIMIA: UNA TRANSMUTACIÓN INTERIOR EN LA QUE CONVERTIMOS NUESTRAS HERIDAS EN SABIDURÍA, NUESTROS TEMORES EN VALENTÍA Y NUESTRAS LIMITACIONES EN UN POTENCIAL INFINITO.

Una carta al ser de tu pasado

EJERCICIO:

Busca un momento para tomar distancia de tu rutina y reflexionar de manera profunda. Piensa en alguna dificultad que hayas enfrentado en el pasado y escribe una carta dirigida a aquella versión de ti. Escribe tu carta con amor y empatía. Comparte los consejos que necesitabas oír. El contenido de tu carta debería ser exclusivo de tu experiencia. Comienza con una oración y ve adónde fluye tu corazón.

POR QUÉ:

Escribir una carta al ser de tu pasado es terapéutico y te ayudará a pasar la página, a tener claridad y a alcanzar paz interior. Tu niño/a interior sigue dentro de ti, esperando ser oído/a y apoyado/a. Hasta podrías descubrir que en el futuro también sentirás que te identificas con esta carta.

A mi yo del pasado...

Mirarse en el espejo

EJERCICIO:

Busca un espejo frente al cual te puedas sentar. Siéntate y acércate al espejo para poder mirarte de cerca a los ojos. Pasa de cinco a diez minutos mirándote fijo a los ojos y trata por todos los medios de no desviar la mirada. Si no te incomoda, habla con tu reflejo y mantén una conversación con tu sombra. Cuando termines, dite a ti mismo/a que estás a salvo y eres amado/a.

POR QUÉ:

Mirarte en un espejo es una manera íntima de enfrentar tus inseguridades y temores más profundos. Cuando te miras en el espejo, puedes empezar a ver aspectos tuyos que te resultan repulsivos. Se te pueden cruzar también pensamientos, dudas y temores que no te permiten sentir paz. Hasta podrías ver que hay partes físicas tuyas que mutan, se agrandan o envejecen. Si te sucede, no te alarmes ni sientas repulsión. Muestra compasión y amor por ti. Este ejercicio te permitirá luchar mentalmente contigo mismo/a y rendirte antes tus inseguridades.

Busca un espejo y siéntate bien cerca. Pasa de cinco a diez minutos mirándote. Intenta no desviar la mirada. Háblale a tu reflejo como si fuera tu sombra.

Luego, responde las preguntas reflexivas que aparecen a continuación:

¿Qué pensamientos recurrentes tuve? _____

_____

¿Qué emociones surgieron? _____

_____

¿Cómo me siento ahora? _____

_____

¿Qué conversaciones tuve? ¿Qué cosas nuevas llegué a descubrir?

_____

_____

_____

_____

_____

_____

_____

Llenar el recuadro

EJERCICIO:

Lee las consignas en la página siguiente y completa cada recuadro con una respuesta auténtica.

POR QUÉ:

Tus experiencias te moldean. Las consignas para la escritura reflexiva te guiarán para entender quién eres y por qué. Esto te ayudará a reconocer patrones y hábitos positivos y negativos que tienen un impacto en tu visión de la vida.

¿Me siento culpable si pongo mis necesidades primero?

¿Cuánto importa mi propia felicidad?

¿De qué maneras me demuestro amor?

Creo que todavía tengo que trabajar en…

Meditación con visualización

EJERCICIO:

Este ejercicio es una meditación con visualización a la que accederás escaneando el código QR de la página siguiente. Asegúrate de estar en un cuarto o ambiente sin distracciones. Puedes hacer la meditación con o sin auriculares. Para comenzar la meditación con visualización busca una postura cómoda y toma un par de respiraciones profundas.

POR QUÉ:

La meditación con visualización es una técnica poderosa que se usa para conectarte con tu yo interior. Cuando te fusionas con tu sombra, esto puede ayudarte a obtener conocimientos acerca de las partes de tu persona que has estado bloqueando o intentando ignorar.

ESCUCHA LA MEDITACIÓN CON VISUALIZACIÓN

AQUÍ.

EJERCICIO:

Este ejercicio es una meditación con visualización a la que accederás escaneando el código QR de la página siguiente. Asegúrate de estar en un cuarto o ambiente sin distracciones. Puedes hacer la meditación con o sin auriculares. Para comenzar la meditación con visualización busca una postura cómoda y toma un par de respiraciones profundas.

POR QUÉ:

La meditación con visualización es una técnica poderosa que se usa para conectarte con tu yo interior. Fusionarte con tu sombra puede ayudarte a obtener conocimientos acerca de las partes de tu persona que has estado bloqueando o intentando ignorar.

ESCUCHA LA MEDITACIÓN CON VISUALIZACIÓN

AQUÍ.

Trabajo de respiración

PARTE 1

ALIVIA TU ANSIEDAD

EJERCICIO:

Para realizar un trabajo básico de respiración que ayude a calmar el sistema nervioso debemos sentarnos en una postura cómoda, cerrar los ojos y tomar respiraciones profundas y pausadas. Escanea el código QR de la página siguiente, y se te guiará a través de un ejercicio de trabajo de respiración.

POR QUÉ:

El trabajo de respiración es una herramienta poderosa que se puede usar para calmar al sistema nervioso y llevar al cuerpo a un estado de mayor relajación. Implica un control consciente de la respiración y el uso de técnicas de respiración específicas. Mediante la concentración en ciertos patrones de respiración, podemos reducir la respuesta de estrés del cuerpo, disminuir la actividad del sistema nervioso simpático y aumentar la actividad del sistema nervioso parasimpático. Esto puede ayudar a reducir nuestros niveles de estrés, aumentar nuestra capacidad de relajación y mejorar nuestro bienestar general.

ESCUCHA LA MEDITACIÓN
CON TRABAJO
DE RESPIRACIÓN

AQUÍ.

EJERCICIO:

Para realizar un trabajo básico de respiración que ayude a calmar el sistema nervioso debemos sentarnos en una postura cómoda, cerrar los ojos y hacer respiraciones profundas y pausadas. Escanea el código QR de la página siguiente, y se te guiará a través de un ejercicio de trabajo de respiración.

POR QUÉ:

El trabajo de respiración es una herramienta poderosa que se puede usar para calmar al sistema nervioso y llevar al cuerpo a un estado de mayor relajación. Implica un control consciente de la respiración y el uso de técnicas de respiración específicas. Mediante la concentración en ciertos patrones de respiración, podemos reducir la respuesta de estrés del cuerpo, disminuir la actividad del sistema nervioso simpático y aumentar la actividad del sistema nervioso parasimpático. Esto puede ayudar a reducir nuestros niveles de estrés, aumentar nuestra capacidad de relajación y mejorar nuestro bienestar general.

ESCUCHA LA MEDITACIÓN CON TRABAJO DE RESPIRACIÓN

AQUÍ.

3

Integración de los ejercicios para el trabajo con tu sombra

Esta sección de El diario de tu sombra representa una transición significativa que va del descubrimiento de las facetas ocultas de tu personalidad a la integración de estos aspectos para conformar un yo cohesionado. Estos ejercicios fueron diseñados meticulosamente con la ayuda de los terapeutas de Zenfulnote para guiarte en el amalgamamiento de partes de tu psiquis a menudo ignoradas —los aspectos de tu sombra— y tu yo consciente, promoviendo así una existencia más equilibrada y auténtica.

Estas actividades te estimularán a enfrentarte y relacionarte con las partes de ti que han permanecido en la oscuridad, y las expondrán a la luz de la aceptación y la comprensión. Este proceso es crucial para lograr una sensación de plenitud y autenticidad, dado que te permite reconocer e integrar por completo todos los aspectos de tu ser.

Cada ejercicio es una invitación a explorar cómo los elementos de tu sombra, una vez reconocidos, pueden transformarse en fuerzas positivas en tu vida. En lugar de ver a estos aspectos como impedimentos, aprenderás a verlos como componentes valiosos de tu identidad que, empleados de la manera correcta, pueden reforzar tus fortalezas y tu resiliencia. Estos ejercicios buscan redefinir tu relación con tu sombra y reconocer su potencial para contribuir de manera positiva en tu vida.

Golpeteo de la EFT

EJERCICIO:

La EFT en cinco pasos sencillos:

    1. Establece el problema.

    2. Identifica el nivel de dolor.

    3. Crea una afirmación para el problema.

    4. Golpetea los puntos.

    5. Vuelve a revisar el nivel de dolor.

Consejos: Sé específico/a, concéntrate en lo negativo y pruébalo con todo; vuelve a la técnica de golpeteo de la EFT siempre que sientas preocupación, disgusto, ansiedad, ira o enojo.

Ejemplos de afirmaciones para prepararte: «Me amo profundamente y me acepto por completo», «Me perdono de la mejor manera que puedo», «Quiero llegar a un lugar tranquilo y apacible».

POR QUÉ:

El golpeteo de la EFT puede usarse para procesar emociones difíciles y acercarnos un poco más a la raíz del problema. También puede utilizarse para el trabajo con nuestra sombra. Al golpetear los puntos de acupresión y permitirte ser consciente de las emociones asociadas con estas partes de tu persona, puedes comenzar a aceptarlas, integrarlas y sanarlas. El golpeteo de la EFT puede ayudarte a alcanzar claridad y una mayor perspicacia en cuanto a las causas subyacentes de tus sentimientos reprimidos.

SIGUE TU SESIÓN DE LA EFT QUE APARECE A CONTINUACIÓN

1. Respira profundo un par de veces y comienza a golpetear sobre los puntos específicos de tu cuerpo asociados con la EFT: los puntos en la ceja, el lateral del ojo, debajo del ojo, debajo de la nariz, la barbilla, la clavícula y debajo del brazo.

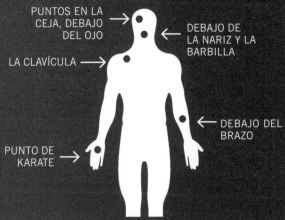

PUNTOS EN LA CEJA, DEBAJO DEL OJO

DEBAJO DE LA NARIZ Y LA BARBILLA

LA CLAVÍCULA

DEBAJO DEL BRAZO

PUNTO DE KARATE

2. A medida que golpeteas, repite la afirmación que más se identifique con el problema que estás explorando. Por ejemplo, si estás explorando el temor al fracaso, podrías decir: «A pesar de que temo fracasar, me acepto y me amo».

3. Durante el proceso de golpeteo, concéntrate en el problema en cuestión y permítete sentir cualquier emoción que surja. Pasa los siguientes dos o tres minutos golpeteando y repitiendo tu mantra.

4. Cuando sientas que has liberado algo de tu energía y tu emoción asociadas con este problema, toma un par de respiraciones profundas y reflexiona acerca de lo que acabas de aprender. ¿Qué conocimiento has adquirido? ¿Cómo puedes utilizar este conocimiento para avanzar de una manera positiva y constructiva?

Meditación: Integrar a tu sombra

EJERCICIO:

Este ejercicio será una meditación con visualización a la que
accederás escaneando el código QR de la página siguiente.
Asegúrate de estar en un cuarto o ambiente sin distracciones.
Puedes hacer la meditación con o sin auriculares. Para comenzar la
meditación con visualización busca una postura cómoda y toma un
par de respiraciones profundas.

POR QUÉ:

La meditación con visualización es una técnica poderosa que se
usa para conectarte con tu yo interior. Cuando te fusionas con tu
sombra, esto puede ayudarte a obtener conocimientos acerca de
las partes de tu persona que has estado bloqueando o intentando
ignorar.

ESCUCHA LA MEDITACIÓN CON VISUALIZACIÓN

AQUÍ.

Lista de gratitud

EJERCICIO:

Dedica cinco minutos a crear una lista de gratitud. Piensa en todas las cosas que te traen salud, paz y amor. Enumera tanto las grandes cosas en tu vida como las pequeñas, desde tus electrodomésticos hasta tus relaciones con los demás. Si te sientes cómodo/a haciéndolo, reconoce a aquellas cosas que te ocasionaron dolor en el pasado, pero te enseñaron a ser paciente y a sanar. Cuando tu lista esté completa, tómate un momento para decirle «gracias» a cada una de las cosas por existir y convertirte en quien eres.

POR QUÉ:

El psicólogo Dr. Rick Hanson sugiere que el cerebro toma la forma del estado mental en el que nos asentamos. Si nos asentamos en la duda, en la tristeza y en la irritabilidad, eso podría generar más ira, ansiedad y depresión en nuestras vidas. Y si nos asentamos en la alegría, el contento y el amor, podríamos generar más abundancia y paz en nuestras vidas. La gratitud es una manera maravillosa de mejorar nuestra vida y crear más abundancia mediante la apreciación de lo que tenemos en la actualidad.

Lista de gratitud

♥ _____

♥ _____

♥ _____

♥ _____

♥ _____

♥ _____

♥ _____

♥ _____

♥ _____

♥ _____

♥ _____

♥ _____

Encarnación creativa de tu niño/a interior

EJERCICIO:

En esta actividad explorarás el mundo de tu niño/a interior y reavivarás el carácter lúdico y la capacidad de asombro que reside dentro de ti. Reconectarte con tu niño/a interior puede ser una experiencia profundamente sanadora y alegre. Mirar una fotografía de ti en la niñez puede ser una buena incorporación a esta práctica.

POR QUÉ:

Esta práctica estimula la autoconciencia y te reconecta con las verdaderas pasiones y los deseos de tu infancia. Funciona como un liberador de estrés, ya que te tomas un recreo de las responsabilidades del mundo adulto y das lugar a la relajación y la alegría. El ejercicio explora tu creatividad innata, y fomenta el uso de la imaginación en el pensamiento y la resolución de problemas. Refuerza la conexión mente-cuerpo, aumentando el bienestar general. Al relacionarte con tu niño/a interior, practicas la autocompasión y la aceptación, elementos clave para el desarrollo de una imagen positiva de uno/a mismo/a. Esta actividad reaviva la alegría y la capacidad lúdica que a menudo se pierden en la adultez, y trae más soltura a tu vida.

PASO 1: Crea un espacio seguro

Busca un lugar cómodo y silencioso donde no haya interrupciones. Puedes sentarte o acostarte. **Tiempo: 1 minuto**

PASO 2: Recuerda cómo jugabas en tu niñez

Cierra los ojos y reflexiona sobre tu niño/a interior. ¿Cuántos años tienes? ¿Cómo te ves? ¿Qué te entusiasma? ¿Qué tipo de juegos o actividades te gustan? ¿Qué te provocaba alegría y risas a esa edad? Date tiempo para que resurjan esos alegres recuerdos. **Tiempo: 5 minutos**

PASO 3: Juega de un modo imaginativo

Ahora imagina que ves a tu yo en la niñez mientras realiza su actividad favorita. Visualiza la experiencia sensorial: ¿qué imágenes, sonidos, olores, sensaciones táctiles y sentimientos asocias con este momento? Permítete sumergirte por completo en esta experiencia. **Tiempo: 5 minutos**

PASO 4: Exprésate

Acciona la expresión creativa para liberar la energía de tu niño/a interior. Puedes dibujar, pintar, bailar, cantar, escribir, construir o cualquier otra cosa que se te ocurra. Deja que tu creatividad y la conexión con tu yo de la niñez fluyan libremente. **Tiempo: 10-30 minutos**

Cultivar la gratitud

EJERCICIO:

La práctica de la gratitud es un ritual que te ayudará a mejorar tu humor, a disminuir las hormonas del estrés y a convertir tu mentalidad en una positiva. Con tan solo cinco minutos por la mañana y otros cinco antes de irte a dormir, puedes modificar tu vida y convertirla en una realidad con conexiones y experiencias más significativas. Vuélcate a la página siguiente, y comencemos con la práctica de la gratitud.

POR QUÉ:

La práctica de la gratitud diaria tiene profundos beneficios, tanto para el bienestar mental como para el emocional. Es un cambio deliberado en el que pasamos de enfocarnos en las carencias a enfocarnos en la abundancia, mejorando así el humor de manera intrínseca y reduciendo el estrés. Esta acción simple pero poderosa fomenta una conexión más profunda con los demás y mejora las relaciones a través del reconocimiento y la apreciación de sus aspectos positivos. Trabajar en la gratitud trae consigo la conciencia plena, o *mindfulness*, dado que estimula la presencia en el momento y la apreciación de las pequeñas alegrías de la vida. Construye la resiliencia emocional porque te equipa para enfrentar desafíos con una perspectiva más positiva. Hay estudios que incluso sugieren que la gratitud puede mejorar la salud física y llevar a un mejor sueño y, potencialmente, a una menor presión arterial. Cultivar la gratitud no solo transforma cómo ves el mundo sino cómo lo vives.

PASO 1: Acomódate en tu mañana

Luego de despertarte, prepara tu rutina de la mañana. Podría incluir preparar té o café, cepillarte los dientes o lo que sea que hagas en general para comenzar tu día. Luego, toma tu diario, tus materiales de escritura y cualquier otro elemento de tu rutina de la mañana que te ayude a sentirte centrado/a y preparado/a. Acomódate en tu espacio de la mañana, donde tendrás al menos cinco minutos de tiempo ininterrumpido. **Tiempo: 5 minutos**

PASO 2: Establece tu intención

Una vez que te hayas acomodado, inhala profundo, cierra los ojos y exhala por completo. Permite que tu respiración sea natural, inhalando y exhalando por la nariz. Comienza a enfocarte en la intención de tu día, ya sea una palabra, un sentimiento o una visualización. **Tiempo: 1 minuto**

PASO 3: Práctica de la gratitud por la mañana

Una vez que te hayas conectado con tu intención del día, abre los ojos. Toma tu diario y prepárate para reflexionar con las siguientes consignas de la mañana: «¿Qué tres cosas pueden hacer sonreír a alguien hoy?» y «¿Qué tres cosas me pueden hacer sonreír hoy a mí?». Intenta dedicarle de unos sesenta a unos noventa segundos a cada consigna. **Tiempo: 3 minutos**

PASO 4: Práctica de la gratitud por la noche

Una vez que hayas reflexionado acerca de tu intención del día, abre los ojos. Toma tu diario y prepárate para reflexionar con las siguientes consignas de la noche: «¿Qué hiciste para hacer sonreír a alguien hoy?» y «¿Qué te hizo sonreír hoy?». Intenta dedicarle de unos sesenta a unos noventa segundos a cada consigna. **Tiempo: 3 minutos**

SOLO ENFRENTÁNDONOS A ESTOS ASPECTOS OCULTOS PODEMOS ANHELAR A LLEVAR VIDAS PLENAS, SIN ESTAR ATADOS/AS AL TEMOR O A LA ILUSIÓN, SINO IMPULSADOS/AS POR UN ENTENDIMIENTO PROFUNDO DE NUESTRA COMPLEJA NATURALEZA.

> Todo lo que nos irrita de los demás puede conducir a comprendernos a nosotros mismos.
> —CARL JUNG

Explorar la alegría

EJERCICIO:

En esta actividad, exploraremos una versión reimaginada de nuestras vidas a través de una autorreflexión estructurada. Exploraremos qué intentaríamos si fracasar no fuera una opción; cómo querríamos que nos recordaran si este fuese nuestro último día en el planeta; a quién le provocaríamos una alegría infinita; y cómo describiríamos la felicidad. Con estos pasos, podemos indagar en nuestros deseos y aspiraciones más profundos.

POR QUÉ:

Este ejercicio te ayuda a deshacerte de las típicas limitantes que son el temor y la duda, y te permite explorar lo que de verdad desearías si el fracaso no fuese un factor a tener en cuenta. Te empuja a pensar de manera expansiva sobre tus ambiciones, pasiones y sueños. Al contemplar cómo te gustaría que te recuerden, el ejercicio te ayudará a reflexionar acerca de tus valores y el legado que quieres dejar, lo cual puede reformular tus prioridades y acciones actuales. Considerar a quién querrías provocarle una alegría infinita no solo se concentra en tu capacidad de tener un impacto positivo en los demás, sino que también profundiza tu entendimiento acerca de las relaciones significativas en tu vida. Describir la felicidad como un color te permite hacer una interpretación creativa y personal de la alegría, ayudándote así a consolidar tu concepto singular de alegría. Es una herramienta poderosa para imaginar las posibilidades en tu vida de otra manera, entender tus valores fundamentales y manifestar una vida que se alinee con tu sentido más profundo de alegría y propósito.

PASO 1: Si el fracaso no fuese una opción, ¿qué intentaría?

En este paso, te imaginarás qué te atreverías a intentar si supieras que no fracasarías. Imagina que no hay límites. Tómate unos momentos para reflexionar acerca de tus sueños, tus pasiones y tus ambiciones. Imagina las posibilidades y permítete soñar en grande. **Tiempo: 3 *minutos***

PASO 2: Si hoy fuese mi último día en el planeta, ¿cómo me recordarían?

Contempla tu legado y el impacto que quieres dejar. Reflexiona acerca de cómo te gustaría que te recuerden tus seres queridos, tu comunidad y el mundo. Considera los valores, las contribuciones y las cualidades que querrías que recuerden de ti. **Tiempo: 3 *minutos***

PASO 3: Si pudiera brindarle alegría infinita a alguien en mi vida, ¿a quién se la brindaría?

En este paso, te enfocarás en el poder de brindarles felicidad a los demás. Piensa en alguien especial en tu vida e imagina la alegría que podrías brindarle si no hubiese ningún límite. Reflexiona acerca de las maneras en que podrías marcar una diferencia positiva en su vida, y en la felicidad que les generaría a ambos. **Tiempo: 3 *minutos***

PASO 4: Si la felicidad fuera un color, ¿cómo lo describirías?

Imagina a la felicidad como un color e intenta describirlo en tus propias palabras. Reflexiona acerca de las emociones, las sensaciones y las experiencias que te vienen a la mente cuando piensas en la felicidad. **Tiempo: 3 *minutos***

Reencuadre cognitivo

EJERCICIO:

El método socrático, reconocido por sus técnicas interrogativas con
final abierto, es una herramienta efectiva para la autorreflexión y
el reencuadre cognitivo. Este ejercicio combina este método con
tu intuición para desafiar y convertir los patrones de pensamiento
negativos en patrones de pensamiento positivos orientados
al crecimiento. Mediante una serie de preguntas específicas
que te harás de manera intuitiva, podrás descubrir respuestas
subconscientes y reformular tu manera de pensar.

POR QUÉ:

La técnica interrogativa socrática intuitiva para el reencuadre
cognitivo es una práctica transformadora con múltiples beneficios.
Desafía y altera los patrones de pensamiento negativos con gran
efectividad facilitando así un desplazamiento hacia pensamientos
más racionales y positivos. Este ejercicio promueve un mayor nivel
de autoconciencia, dado que te estimula a explorar y comprender
la raíz de tus pensamientos, incluidas las creencias subyacentes
y los detonantes emocionales. A medida que reemplazas los
pensamientos negativos con afirmaciones positivas, cultivas una
mentalidad positiva, esencial para el bienestar mental general.
Este método aumenta la flexibilidad y la resiliencia mental,
permitiéndote así adaptarte más fácilmente a los desafíos de la vida.

PASO 1: Identifica el patrón de pensamiento

Esta actividad comienza en el momento en que surge un patrón de pensamiento negativo/intenso que activa la ansiedad o la depresión en tu cuerpo, desata discusiones con otras personas o tal vez conduce a la procrastinación. Por ejemplo: «Me deprime estar solo/a en casa porque nadie quiere estar conmigo». Una vez que notas este patrón de pensamiento, tómate un momento para retirarte hacia tu propio espacio mientras te recompones y descomprimes. **Tiempo: 1 minuto**

PASO 2: Acomódate en la conciencia

Una vez que te hayas acomodado, inhala profundo, cierra los ojos y exhala por completo. Permite que tu respiración sea natural, inhalando y exhalando por la nariz. Comienza a enfocarte en la experiencia que inició el patrón de pensamiento. **Tiempo: 1 minuto**

PASO 3: Haz preguntas intuitivas

Comenzarás a hacerte preguntas intuitivas internamente para sumergirte aún más en el patrón de pensamiento inicial. Comienza haciendo una pregunta a la vez según la experiencia en cuestión, y reflexiona acerca de la consigna intuitiva. Estos son algunos ejemplos para empezar: «¿Es realista este pensamiento?»; «¿Estoy basando este pensamiento en la realidad o en una fantasía?»; «¿Puedo estar malinterpretando esta experiencia?»; «¿Estoy teniendo este pensamiento por costumbre o hay hechos que lo sustentan?». Continúa con este proceso hasta que te sientas en condiciones de reencuadrar tu pensamiento inicial. **Tiempo: 3 minutos**

PASO 4: Reencuadra el patrón de pensamiento

Una vez que hayas descomprimido el pensamiento inicial, reemplázalo con un patrón de pensamiento positivo. Por ejemplo: si el pensamiento inicial fue «Me deprime estar solo/a en casa porque nadie quiere estar conmigo», lo reemplazarás con: «Estoy pasando este rato por mi cuenta, ¡así que puedo hacer lo que me dé la gana!». **Tiempo: 3 *minutos***

PASO 5: Identifica, cuestiona, reencuadra, repite

Continúa realizando los pasos 1-4 para cada patrón de pensamiento que se desencadene. Puede que tengas sólo un patrón de pensamiento al día o múltiples patrones de pensamiento. Cuando comienzas con esta práctica para reencuadrar tu mente, es normal tener múltiples patrones de pensamiento. A medida que continúes con el reencuadre, notarás que el número de patrones de pensamiento que actúan como detonantes es cada vez menor. Sé bondadoso/a contigo mismo/a y tómate tu tiempo; la sanación no ocurre de la noche a la mañana. **Tiempo: 9 *minutos***

¿Qué revelaciones tuviste acerca de este ejercicio?

_____

_____

_____

_____

_____

_____

Sanación ancestral

EJERCICIO:

En la meditación para la sanación ancestral, comienzas buscando un espacio en el que te puedas relajar y enfocarte en la respiración profunda para preparar tu cuerpo y tu mente para la sesión. Luego visualizas a tus ancestros, a quienes les permites que te presenten una herida generacional que necesite sanar. Esta herida se observa y se vive a través de tus sentidos, lo cual te ayuda a comprender su naturaleza y su impacto emocional. Toda reacción emocional a la herida, como la tristeza o la ira, se libera a través de recursos expresivos, como el llanto o la respiración profunda. El inicio de la meditación para la sanación ancestral toma de la Mini-Ho'oponopono, una tradición hawaiana de reconciliación y perdón. A través de la visualización de tus ancestros, identificas una herida generacional que explorarás a través de tus sentidos, comprendiendo su impacto emocional. Las descompresiones emocionales, como el llanto o la respiración profunda, son bienvenidos como parte de la sanación que culmina con la repetición de una afirmación profunda para sanar la herida. Esta práctica, que puede reutilizarse con varios tipos de herida, ofrece una nueva oportunidad para una sanación profunda y un mayor entendimiento cada vez que se realiza.

POR QUÉ:

La sanación ancestral es una práctica profunda que aborda no solo la sanación individual sino la sanación de líneas generacionales. Se basa en la comprensión de que ciertas heridas emocionales, psicológicas y hasta físicas pueden pasar de una generación a otra. Al identificar estas heridas heredadas podemos comenzar a sanar patrones que pueden haber estado afectando a nuestras familias por generaciones. En este tipo de sanación, no solo se trata de comprender el pasado sino también de transformar el futuro. Nos permite liberar los traumas heredados, evitando así que sigan pasando a generaciones futuras.

No soy lo que me ocurrió. Soy en lo que elijo convertirme.
—CARL JUNG

PASO 1: Preparar el cuerpo

Busca un lugar para sentarte donde haya silencio, te sientas seguro/a y no haya interrupciones. Siéntate con la columna vertebral erguida y los hombros relajados. Cierra los ojos e inhala y exhala lentamente por la nariz. Toma tres respiraciones oceánicas, permitiendo que tu abdomen se expanda por completo cuando inhalas, y liberando por completo el aire cuando exhalas. **Tiempo: 3 minutos**

PASO 2: El llamado a tus ancestros

Comienza a visualizar que tus ancestros aparecen ante ti. Permite que se hagan presentes uno/a a la vez. No solo los ancestros de siglos pasados, sino también los ancestros actuales (padres, abuelos, bisabuelos, etc.). Si no tienes práctica en el tema de la visualización, en su lugar puedes sentir esta experiencia en tu cuerpo. **Tiempo: 3 minutos**

PASO 3: Presentación de la herida

Cuando sientas que estás preparado/a, permite que el ancestro te presente una herida emocional que esté lista para salir a la superficie de la sanación. No hace falta que le des muchas vueltas; usa la primera herida que te presente el ancestro. Si sientes o visualizas varias heridas, procésalas una a la vez y vuelve a empezar con este paso para cada nueva herida. **Tiempo: 3 minutos**

PASO 4: Reflexión acerca de la herida

Una vez que la herida haya salido a la superficie, experiméntala con tus sentidos. ¿La herida te hace sentir enojo, tristeza, depresión, entusiasmo, etc.? ¿Se siente fría o tibia? ¿La herida es vieja o nueva? ¿Tiene la herida alguna forma o algún color, tal vez algún olor? Reúne una visualización o sensación clara de la herida. **Tiempo: 3 minutos**

PASO 5: Liberación de la herida

Si te sientes emocionalmente cargado/a por la herida, permítete llorar, gritar o continúa con tus respiraciones profundas para liberar las emociones. Sea cual sea la emoción que sientas surgir con la herida, permite que se mueva por tu cuerpo sin apegarte a ella y tomártela como algo personal. Estás observando heridas internas para sacarlas a la luz, sanarlas y liberarlas. **Tiempo: 3 minutos**

PASO 6: Renovación de la herida (Mini-Ho'oponopono)

Una vez que tengas una visualización o sensación clara de la herida, repetirás las siguientes frases en voz alta nueve veces: «Lo siento; por favor, perdóname; gracias; te amo». Puedes pedirles a tus ancestros que te ayuden a repetir esta afirmación en voz alta. Visualiza o siente la herida mientras dices esta afirmación. Estás teniendo una conversación con la herida, como si fuera un ser vivo con el que te puedes comunicar. **Tiempo: 3 minutos**

PASO 7: Sanación de la herida, repetir

Si tienes otras heridas en las que quieres trabajar, vuelve al Paso 3 y repite los Pasos 3-6. Puedes trabajar varias heridas en una sesión, o puedes hacer varias sesiones para trabajar una sola herida. Sé bondadoso/a contigo mismo/a y no apresures tu sanación. Date tiempo para procesar tus meditaciones y sesiones de sanación.
Un diario es un gran compañero para este ejercicio, en especial si planeas hacerlo más de una vez. **Tiempo: 3 minutos**

4

Consignas
para tu diario

Escribir en un diario es una excelente herramienta para desentrañar tus emociones y creencias. Escribir acerca de tus experiencias te ayuda a elevar tu nivel de conciencia y tu intuición y a estar más presente. Con tan solo diez minutos al día, escribir en un diario puede cambiar la manera en que te comportas y piensas.

Usa estas consignas formuladas para el trabajo con tu sombra para adentrarte en tu mente inconsciente y construir la comprensión de tu sombra. Por favor ten en cuenta que estas consignas pueden ser profundas y oscuras, pero no permitas que eso te detenga.

Influencia parental

¿Qué aspectos de tus padres o de los adultos que te criaron ves
reflejados en ti?

_____

_____

_____

_____

_____

_____

_____

_____

_____

_____

_____

_____

_____

¿Qué rasgos, tanto buenos como malos, has heredado de ellos?

_____

_____

_____

_____

_____

_____

_____

¿Cómo puedes romper las cadenas de comportamiento negativo que corren en tu familia?

_____

_____

_____

_____

_____

_____

_____

@zenfulnote Zenfulnote FECHA: /   /

Rasgos

¿Qué rasgos te gustaría mejorar en ti?

_____

_____

_____

_____

_____

_____

_____

_____

_____

_____

_____

_____

_____

¿Cuándo tienden a manifestarse por lo general estos rasgos?

_____

_____

_____

_____

_____

_____

_____

¿Cómo puedes demostrarles compasión y amor a estos aspectos de ti?

_____

_____

_____

_____

_____

_____

_____

@zenfulnote   Zenfulnote   FECHA: /   /

Niñez

¿Qué no recibiste en tu niñez?

_____

_____

_____

_____

_____

_____

_____

_____

_____

_____

_____

_____

_____

_____

¿Qué impacto ha tenido esto en ti?

_____

_____

_____

_____

_____

_____

¿Qué crees que sería diferente si lo hubieses recibido?

_____

_____

_____

_____

_____

_____

@zenfulnote   Zenfulnote   FECHA: /   /

Traumas de la niñez

¿Qué experiencias viviste en tu niñez que te impactaron de manera negativa?

_____

_____

_____

_____

_____

_____

_____

_____

_____

_____

_____

_____

_____

¿Qué impacto tuvieron estas experiencias en ti de niño/a?

_____

_____

_____

_____

_____

_____

¿Cómo te impactan aún estas experiencias (en como piensas, sientes y te relacionas con los demás)?

_____

_____

_____

_____

_____

_____

_____

@zenfulnote   Zenfulnote   FECHA: /   /

Ponerte en último lugar

¿En qué situaciones de tu vida te pones en último lugar?

_____

_____

_____

_____

_____

_____

_____

_____

_____

_____

_____

_____

_____

_____

_____

¿Cómo impacta en tu bienestar, tu felicidad y tu realización en general ponerte en último lugar?

_____

_____

_____

_____

_____

_____

¿Por qué dejaste de lado tu propio bienestar y tus necesidades?

_____

_____

_____

_____

_____

_____

@zenfulnote   Zenfulnote   FECHA: /   /

Propia imagen

¿Cómo crees que te ven los demás?

_____

_____

_____

_____

_____

_____

_____

_____

_____

_____

_____

_____

_____

_____

¿Cómo te gustaría que te vean y por qué? ¿Qué es lo que más valoras de ti mismo/a?

_____

_____

_____

_____

_____

_____

_____

_____

¿Cuál crees que es la versión más auténtica de ti mismo/a? ¿Cuán a menudo llegas a ser tu versión más auténtica?

_____

_____

_____

_____

_____

_____

_____

@zenfulnote   Zenfulnote   FECHA: /   /

Tu yo auténtico

Tu yo auténtico es lo que se esconde detrás de las capas de máscaras que has aprendido. ¿Hay algo que quisieras que más gente supiera acerca de ti?

_____

_____

_____

_____

_____

_____

_____

_____

_____

_____

_____

_____

¿Por qué no hay más gente que conozca a tu ser auténtico?

_____

_____

_____

_____

_____

_____

_____

¿De qué maneras serían distintas tus relaciones si la gente conociera a tu ser auténtico?

_____

_____

_____

_____

_____

_____

_____

@zenfulnote   *Zenfulnote*   FECHA: /   /

Menos

Reflexiona acerca de todo lo que tienes, tanto físico como no físico.

A veces las cosas materiales pueden ser un peso muerto y disminuir nuestra calidad de vida ¿Qué te agobia?

_____

_____

_____

_____

_____

_____

_____

¿De qué podrías prescindir en tu vida para sentir más libertad y paz?

_____

_____

_____

_____

_____

_____

_____

@zenfulnote   Zenfulnote   FECHA: /   /

Secretos

¿Cuál es tu mayor secreto?

_____

_____

_____

_____

_____

_____

_____

_____

_____

_____

_____

_____

_____

¿Por qué es un secreto? ¿Se lo has contado a alguien alguna vez?

_____

_____

_____

_____

_____

_____

_____

¿Cómo te sentirías si otros/as supieran acerca de tu secreto?

_____

_____

_____

_____

_____

_____

_____

@zenfulnote   Zenfulnote   FECHA: /   /

Miedo

Imagina que no le temes a nada. No tienes dudas, ni preocupaciones ni le temes a lo desconocido. Las cosas que solían preocuparte ya no existen. Escribe acerca de lo que harías si no le temieras a nada.

_____

_____

_____

_____

_____

_____

_____

_____

_____

_____

_____

_____

¿De qué maneras sería diferente tu vida?

_____

_____

_____

_____

_____

_____

_____

¿Cómo se sentiría soltar tus miedos?

_____

_____

_____

_____

_____

_____

_____

@zenfulnote   Zenfulnote   FECHA: /   /

Identifica tus miedos

¿Qué significa el miedo para ti?

_____

_____

_____

_____

_____

_____

_____

_____

_____

_____

_____

_____

_____

¿Qué te asusta?

_____

_____

_____

_____

_____

_____

_____

En lugar de escribir «Me asusta...», escríbelo de este modo: «Siento miedo cuando...». Esto te permitirá romper con el hábito de identificar al miedo como parte de ti.

_____

_____

_____

_____

_____

@zenfulnote   *Zenfulnote*   FECHA: /   /

Pesadillas

Describe la pesadilla más vívida que recuerdes.

¿Cómo te hizo sentir? ¿Hay algún patrón, símbolo o tema común?

_____

_____

_____

_____

_____

_____

_____

Explora las emociones que evocó la pesadilla.

_____

_____

_____

_____

_____

_____

@zenfulnote   Zenfulnote   FECHA: /   /

Enfrentar tus miedos

¿Cuál es el mayor miedo de tu vida?

_____

_____

_____

_____

_____

_____

_____

_____

_____

_____

_____

_____

_____

_____

¿Cómo afecta este miedo tu vida cotidiana y tu toma de decisiones?

_____

_____

_____

_____

_____

_____

¿Has intentado enfrentar o superar este miedo en el pasado? De ser así, ¿qué estrategias utilizaste? De lo contrario, ¿qué podría estar deteniéndote?

_____

_____

_____

_____

_____

_____

@zenfulnote   Zenfulnote   FECHA: /   /

Evasión

¿Qué cosas intentas evadir más que nada en tu vida?

_____

_____

_____

_____

_____

_____

_____

_____

_____

_____

_____

_____

¿Por qué intentas evadir estas cosas?

_____

_____

_____

_____

_____

_____

_____

¿Hay ciertas emociones asociadas con estas cosas que no quieres
experimentar?

_____

_____

_____

_____

_____

_____

@zenfulnote   Zenfulnote   FECHA: /   /

Cambio personal

¿De qué diez maneras has cambiado en los últimos diez años?

_____

_____

_____

_____

_____

_____

_____

_____

_____

_____

_____

_____

_____

_____

_____

¿Cómo te impactaron estos cambios?

_____

_____

_____

_____

_____

_____

_____

¿Los cambios son principalmente positivos o negativos?

_____

_____

_____

_____

_____

_____

_____

@zenfulnote   Zenfulnote   FECHA: /   /

Cambios

El cambio es una parte natural de la vida, pero nuestra respuesta al cambio puede ser una elección. ¿Aceptas el cambio o lo evitas?

¿Qué tan bien lidias con los cambios?

_____

_____

_____

_____

_____

_____

¿Por qué crees que es así?

_____

_____

_____

_____

_____

_____

_____

@zenfulnote   Zenfulnote   FECHA: /   /

Vaciadores de energía

Piensa en la última vez que sentiste un agotamiento total.

_____

_____

_____

_____

_____

_____

_____

_____

_____

_____

_____

_____

¿Qué estabas haciendo? ¿Con quién estabas?

_____

_____

_____

_____

_____

_____

_____

¿Qué necesitabas en aquel momento?

_____

_____

_____

_____

_____

_____

@zenfulnote   Zenfulnote   FECHA: /   /

Pensamientos autocríticos

¿Qué momentos o situaciones causan que seas demasiado autoexigente?

_____

_____

_____

_____

_____

_____

_____

_____

_____

_____

_____

_____

_____

_____

¿Qué factores te llevan a responderte a ti mismo/a de esa manera?

_____

_____

_____

_____

_____

_____

¿Cómo te sientes cuando te tornas hipercrítico/a de ti mismo/a? ¿De qué modos podrías demostrarte más compasión y comprensión?

_____

_____

_____

_____

_____

_____

_____

Tolerancia

¿Qué toleras que no quieres tolerar más?

_____

_____

_____

_____

_____

_____

_____

_____

_____

_____

_____

_____

_____

Piensa en algún comportamiento de autosabotaje y pregúntate por qué sigues repitiendo esas acciones o pensamientos negativos.

_____

_____

_____

_____

_____

_____

¿Qué crees que sentirías si te liberaras del autosabotaje?

_____

_____

_____

_____

_____

_____

@zenfulnote   Zenfulnote   FECHA: /   /

Detonantes de la ira

¿Qué te hace enojar?

_____

_____

_____

_____

_____

_____

_____

_____

_____

_____

_____

_____

_____

_____

¿Qué factores llevan a que te sientas así?

_____

_____

_____

_____

_____

_____

¿Cómo lidias con tu ira, y qué impacto tiene esto en tu vida?

_____

_____

_____

_____

_____

_____

@zenfulnote   Zenfulnote   FECHA: /   /

Ira

¿Qué es lo que más te enoja en este momento?

¿Por qué te enoja lo que acabas de describir?

_____

_____

_____

_____

_____

_____

_____

¿En qué parte del cuerpo sientes la ira? ¿Cómo se siente la ira en tu cuerpo?

_____

_____

_____

_____

_____

_____

Autoconversación

¿Cómo te hablas cuando te enojas contigo mismo/a?

_____

_____

_____

_____

_____

_____

_____

_____

_____

_____

_____

_____

_____

_____

¿Difiere de cómo te hablas a ti mismo/a cuando estás enojado/a con otras personas?

_____

_____

_____

_____

_____

_____

_____

¿Cómo impacta en ti esta autoconversación?

_____

_____

_____

_____

_____

_____

_____

@zenfulnote   Zenfulnote   FECHA: /   /

El color de la ira

¿De qué color es tu ira?

_____

_____

_____

_____

_____

_____

_____

_____

_____

_____

_____

_____

_____

_____

¿Por qué es de ese color?

_____

_____

_____

_____

_____

_____

¿Cómo te hace sentir?

_____

_____

_____

_____

_____

_____

@zenfulnote   Zenfulnote   FECHA: /   /

Mitigadores de la ira

¿Qué provoca que tu ira se desvanezca?

_____

_____

_____

_____

_____

_____

_____

_____

_____

_____

_____

_____

_____

¿Qué tan fácil es mitigar tu ira?

_____

_____

_____

_____

_____

_____

¿Cómo puedes implementar este mitigador de la ira en tu vida
cotidiana?

_____

_____

_____

_____

_____

_____

_____

@zenfulnote Zenfulnote FECHA: / /

Tristeza

¿Cómo se vería tu tristeza si fuese una pintura o un dibujo? (No hace falta que hagas un bosquejo; simplemente usa palabras para visualizarlo).

¿Qué colores y formas tendría tu tristeza?

_____

_____

_____

_____

_____

_____

¿Qué tan grande sería tu tristeza y cuánto lugar ocuparía?

_____

_____

_____

_____

_____

_____

@zenfulnote Zenfulnote FECHA: /   /

Autoconversación sobre la tristeza

¿Cómo hablas contigo mismo/a cuando estás triste?

_____

_____

_____

_____

_____

_____

_____

_____

_____

_____

_____

_____

_____

_____

¿Qué tono de voz utilizas cuando te hablas a ti mismo/a?

_____

_____

_____

_____

_____

_____

¿Te demuestras compasión, o sientes frustración o irritación?

_____

_____

_____

_____

_____

_____

_____

@zenfulnote   Zenfulnote   FECHA: /   /

Sentimientos encontrados

¿Sientes alguna otra emoción además de tu tristeza?

_____

_____

_____

_____

_____

_____

_____

_____

_____

_____

_____

_____

_____

¿Cómo se llevan esas emociones con la tristeza?

_____

_____

_____

_____

_____

_____

¿Puedes identificar dónde albergas estos sentimientos dentro de tu cuerpo?

_____

_____

_____

_____

_____

_____

@zenfulnote Zenfulnote FECHA: /   /

Pensamientos negativos

¿Qué pensamientos negativos tienes en este momento?

_____

_____

_____

_____

_____

_____

_____

_____

_____

_____

_____

_____

_____

_____

¿Qué cinco pensamientos positivos tienes para cada uno de esos pensamientos negativos?

_____

_____

_____

_____

_____

_____

_____

¿Cómo te impacta pensar de manera negativa?

_____

_____

_____

_____

_____

_____

_____

_____

@zenfulnote   Zenfulnote   FECHA: /   /

Aferrarse

¿A qué te aferras que sigue hiriéndote profundamente?

_____

_____

_____

_____

_____

_____

_____

_____

_____

_____

_____

_____

_____

_____

_____

_____

¿Qué sentimientos o emociones asocias con aquello a lo que te aferras?

_____

_____

_____

_____

_____

_____

_____

¿Cómo se sentiría si lo dejaras ir?

_____

_____

_____

_____

_____

_____

@zenfulnote   Zenfulnote   FECHA: /   /

Carta de amor

Escríbete una carta de amor y expresa todo aquello que necesitas oír. Demuéstrate compasión y explora todos los aspectos de tu persona que merecen celebrarse.

Héroe/Heroína de tu adolescencia

¿Quién fue el héroe o la heroína de tu adolescencia?

_____

_____

_____

_____

_____

_____

_____

_____

_____

_____

_____

_____

¿Qué cualidades desplegaba que te atraían?

_____

_____

_____

_____

_____

_____

¿Aún sientes la misma admiración por ese héroe o esa heroína hoy en día?

_____

_____

_____

_____

_____

_____

Amistades del pasado

¿Quiénes fueron tus amistades más cercanas en tu niñez y tu juventud?

_____

_____

_____

_____

_____

_____

_____

_____

_____

_____

_____

_____

_____

_____

¿Qué sentimientos afloran cuando reflexionas acerca de estas amistades?

_____

_____

_____

_____

_____

_____

¿Siguen estas amistades estando en tu vida? De ser así, ¿han cambiado? Si esas amistades ya no son parte de tu vida, ¿por qué terminaron?

_____

_____

_____

_____

@zenfulnote   (Zenfulnote)   FECHA: / /

Maestros/as

¿Quiénes fueron tus maestros/as favoritos/as en la escuela?

¿De qué modo impactaron estos/as maestros/as en tu vida?

_____

_____

_____

_____

_____

_____

Si pudieras volver a ver a tus maestros/as favoritos/as, ¿qué les dirías?

_____

_____

_____

_____

_____

_____

@zenfulnote   _Zenfulnote_   FECHA: /   /

Adolescente interior

¿Qué te gustaría que alguien te hubiera dicho cuando eras adolescente?

_____

_____

_____

_____

_____

_____

_____

_____

_____

_____

_____

_____

_____

_____

_____

¿Cómo te ha impactado no haber oído esas palabras?

_____

_____

_____

_____

_____

_____

Si hubieras oído esas palabras en tu adolescencia, ¿de qué maneras sería diferente tu vida hoy?

_____

_____

_____

_____

_____

_____

@zenfulnote　　Zenfulnote　　FECHA:　　/　　/

Situaciones adolescentes

¿Qué cosas importantes te ocurrieron de adolescente?

_____

_____

_____

_____

_____

_____

_____

_____

_____

_____

_____

_____

_____

_____

¿Cómo te impactaron esas cosas?

_____

_____

_____

_____

_____

_____

_____

¿Te siguen impactando esas cosas hoy en día? De ser así, ¿cómo continúan definiendo quien eres?

_____

_____

_____

_____

_____

_____

_____

@zenfulnote   Zenfulnote   FECHA: /   /

Admiración por tu yo adolescente

¿Qué admiras de tu yo adolescente?

_____

_____

_____

_____

_____

_____

_____

_____

_____

_____

_____

_____

_____

_____

¿Qué características tenías de adolescente que has acarreado hasta la actualidad?

_____

_____

_____

_____

_____

_____

_____

¿Hay alguna característica que te gustaría recuperar?

_____

_____

_____

_____

_____

_____

@zenfulnote Zenfulnote FECHA: / /

Lecciones adolescentes

¿Cuáles son las mayores lecciones que aprendiste de adolescente?

_____

_____

_____

_____

_____

_____

_____

_____

_____

_____

_____

_____

_____

_____

_____

_____

¿Cómo te motivaron esas lecciones en tu adolescencia?

_____

_____

_____

_____

_____

_____

¿Cómo te han guiado esas lecciones a lo largo de tu vida?

_____

_____

_____

_____

_____

_____

@zenfulnote   Zenfulnote   FECHA: /   /

Adolescente interior

Durante tu adolescencia, ¿de qué maneras sentiste que no estabas a salvo o que no te apoyaban?

_____

_____

_____

_____

_____

_____

_____

_____

_____

_____

_____

_____

_____

_____

_____

¿Cómo manejaste tus sentimientos con respecto a esas experiencias?

_____

_____

_____

_____

_____

_____

¿Cómo te moldearon esas experiencias para convertirte en quien eres en la actualidad?

_____

_____

_____

_____

_____

Relaciones parentales

¿Cómo era tu relación durante tu adolescencia con los adultos que te criaron?

_____

_____

_____

_____

_____

_____

_____

_____

_____

_____

_____

_____

_____

_____

_____

¿Sentías que te escuchaban? ¿Te sentías seguro/a al expresar tus opiniones y valores?

_____

_____

_____

_____

_____

_____

¿Podías hablar con los adultos que te criaron sobre problemas importantes a los que te enfrentabas?

_____

_____

_____

_____

_____

@zenfulnote   Zenfulnote   FECHA: /   /

Adulto adolescente

¿De qué manera se manifiesta tu adolescente interior ahora en la adultez?

_____

_____

_____

_____

_____

_____

_____

_____

_____

_____

_____

_____

_____

_____

¿Qué necesita de ti tu adolescente interior en este momento?

_____

_____

_____

_____

_____

_____

¿Qué puedes hacer para brindárselo a tu adolescente interior en este momento?

_____

_____

_____

_____

_____

_____

@zenfulnote   Zenfulnote   FECHA: /   /

Ansiedad

Describe todas las cosas que te provocan ansiedad (personas, lugares, situaciones, etc.).

¿Por qué te provocan ansiedad estas cosas?

_____

_____

_____

_____

_____

_____

¿Cómo lidias con la ansiedad? ¿Sientes que tu ansiedad te retiene?

_____

_____

_____

_____

_____

_____

@zenfulnote   Zenfulnote   FECHA: /   /   /

Juicio

¿Qué juzgas en otras personas?

_____

_____

_____

_____

_____

_____

_____

_____

_____

_____

_____

_____

_____

_____

_____

_____

¿Tienes los mismos comportamientos que juzgas en los demás?

_____

_____

_____

_____

_____

_____

¿Qué cosas juzgas de ti?

_____

_____

_____

_____

_____

_____

@zenfulnote   Zenfulnote   FECHA: /   /

Envidia

¿Hay personas o situaciones en particular que generen sentimientos de envidia en ti? ¿Qué provoca que surja esa envidia?

_____

_____

_____

_____

_____

_____

_____

_____

_____

_____

_____

_____

_____

_____

¿Cuán a menudo sientes envidia?

_____

_____

_____

_____

_____

_____

¿Cuál crees que puede ser la raíz de tus sentimientos de envidia?

_____

_____

_____

_____

_____

_____

@zenfulnote FECHA: / /

Sentir envidia

Escribe acerca de la última vez que sentiste envidia.

_____

_____

_____

_____

_____

_____

_____

_____

_____

_____

_____

_____

_____

_____

¿Respondiste o reaccionaste al sentimiento de envidia? ¿Suscitó la envidia algún otro sentimiento? De ser así, ¿cuál(es)?

_____

_____

_____

_____

_____

_____

Ahora, luego de reflexionar, ¿responderías o reaccionarías de otro modo?

_____

_____

_____

_____

_____

_____

@zenfulnote   Zenfulnote   FECHA: /   /

Controlar la envidia

¿Cómo reconoces las emociones de envidia?

_____

_____

_____

_____

_____

_____

_____

_____

_____

_____

_____

_____

_____

_____

_____

_____

¿Cómo controlas tus emociones cuando sientes envidia?

_____

_____

_____

_____

_____

_____

_____

¿Cómo sería tu vida si transformaras tu envidia en bondad?

_____

_____

_____

_____

_____

_____

@zenfulnote   Zenfulnote   FECHA: /   /

Justificaciones

¿Cuál es tu definición de «justificación»?

_____

_____

_____

_____

_____

_____

_____

_____

_____

_____

_____

_____

_____

_____

¿Cuándo consideras que no se justifica la envidia?

_____

_____

_____

_____

_____

¿Cuándo consideras que sí se justifica la envidia?

_____

_____

_____

_____

_____

@zenfulnote   Zenfulnote   FECHA: /   /

(Envidia de la) Propia imagen

¿Cómo afecta el sentimiento de envidia la manera en la que te ves a ti mismo/a?

_____

_____

_____

_____

_____

_____

_____

_____

_____

_____

_____

_____

_____

¿Cómo reaccionas cuando surgen tus sentimientos envidiosos?

_____

_____

_____

_____

_____

_____

_____

¿Cómo puedes responder con bondad cuando surgen tus sentimientos envidiosos?

_____

_____

_____

_____

_____

_____

@zenfulnote   Zenfulnote   FECHA: /   /

Inspiración

Escribe acerca de un momento de tu vida en el que sentiste una chispa de inspiración y felicidad. ¿Dónde estabas? ¿Qué estabas haciendo? ¿Quién estaba contigo?

¿Qué fue lo que más te inspiró de esa experiencia?

_____

_____

_____

_____

_____

_____

¿De qué otra manera puedes expresar esa misma inspiración?

_____

_____

_____

_____

_____

_____

@zenfulnote Zenfulnote FECHA: /   /

Halagos

¿Cuáles son los tres halagos que recibes más a menudo?

¿Cómo te sientes cuando recibes esos halagos?

_____

_____

_____

_____

_____

_____

¿Crees que personificas esas cualidades?

_____

_____

_____

_____

_____

_____

@zenfulnote   Zenfulnote   FECHA: /   /

Hábitos

¿Cuál es el hábito que has logrado mantener por más tiempo?

¿Qué te motiva a mantener vivo ese hábito?

_____

_____

_____

_____

_____

¿Hay alguna parte de ti a la que le gustaría cambiar ese hábito?

_____

_____

_____

_____

_____

@zenfulnote   Zenfulnote   FECHA: /   /

Logros

Reflexiona acerca de tus logros en el pasado: en el plano personal, físico, académico, espiritual, social o en cualquier otro plano. De todos ellos, ¿por cuál sientes más orgullo?

_____

_____

_____

_____

_____

_____

_____

_____

_____

_____

_____

_____

_____

_____

¿Por qué sientes el mayor orgullo por el logro que mencionaste?

_____

_____

_____

_____

_____

¿De qué modo te motivan tus logros?

_____

_____

_____

_____

_____

@zenfulnote Zenfulnote FECHA: / /

Sueños

¿Cuáles son los mayores sueños de tu vida?

Si tus mayores sueños se hicieran realidad, ¿qué harías?

_____

_____

_____

_____

_____

_____

¿Cómo te sentirías?

_____

_____

_____

_____

_____

@zenfulnote   Zenfulnote   FECHA: /   /

La vida de tus sueños

Imagínate la vida de tus sueños. ¿En qué se diferencia de tu vida actual?

_____

_____

_____

_____

_____

_____

_____

_____

_____

_____

_____

_____

_____

_____

_____

¿Cómo sería tu experiencia diaria si hoy vivieras la vida de tus sueños?

_____

_____

_____

_____

_____

_____

_____

¿Qué te frena de vivir la vida de tus sueños?

_____

_____

_____

_____

_____

_____

_____

@zenfulnote   Zenfulnote   FECHA: /   /

Felicidad

¿Qué te hace sentir la mayor felicidad?

_____

_____

_____

_____

_____

_____

_____

_____

_____

_____

_____

_____

_____

_____

_____

_____

¿Cómo puedes experimentar felicidad en este instante?

¿Qué puedes hacer para traer más felicidad a tu vida cotidiana?

@zenfulnote   Zenfulnote   FECHA: /   /

Libertad

¿Qué significa la libertad para ti?

_____

_____

_____

_____

_____

_____

_____

_____

_____

_____

_____

_____

_____

_____

¿Cuándo te sientes más libre?

_____

_____

_____

_____

_____

_____

¿Qué te frena de sentir libertad todos los días?

_____

_____

_____

_____

_____

_____

@zenfulnote   Zenfulnote   FECHA: /   /

Visualizar la vida

Si vivieras la vida de tus sueños, ¿cómo sería?

¿Cómo te sentirías todos los días?

_____

_____

_____

_____

_____

_____

¿Cuál es la diferencia entre la vida de tus sueños y tu realidad actual?

_____

_____

_____

_____

_____

_____

@zenfulnote   Zenfulnote   FECHA: /   /

Momentos decisivos

Reflexiona acerca de las experiencias que has vivido hasta el momento. ¿Cuáles han sido tus momentos decisivos o cruciales?

_____

_____

_____

_____

_____

_____

_____

_____

_____

_____

_____

_____

_____

¿Cómo te hicieron sentir estos momentos cruciales?

¿Cómo moldearon quien eres hoy en día estos momentos cruciales?

@zenfulnote   Zenfulnote   FECHA: /   /

Marcar la diferencia

¿Qué te hace sentir que estás marcando una diferencia en el mundo?

_____

_____

_____

_____

_____

_____

_____

_____

_____

_____

_____

_____

_____

_____

¿Qué haces que te permita marcar una diferencia?

_____

_____

_____

_____

_____

¿Cómo te sientes cuando marcas la diferencia?

_____

_____

_____

_____

_____

@zenfulnote   Zenfulnote   FECHA: /   /

Día feliz

Describe tu día más feliz. Puede ser un recuerdo verdadero o tu día ideal y perfecto.

¿Qué tiene este día que te hace sentir feliz?

_____

_____

_____

_____

_____

¿Cuán a menudo sientes felicidad en tu vida cotidiana?

_____

_____

_____

_____

_____

_____

5

Llegar a la raíz

Acude a esta sección cuando te enfrentes a tu sombra en tiempo real.

Los comportamientos de tu sombra inconsciente incluyen:

- Sentir ira, irritación o ansiedad sin una razón aparente
- Culpar a factores externos de tus problemas, haciéndote constantemente la víctima
- Pensamientos negativos y pereza constantes
- Falta de motivación y duda de tus propias capacidades
- Envidia, pensamientos negativos hacia los demás
- Sentimientos de culpa, vergüenza

EJEMPLO
Cómo llegar a la raíz de tu sombra

Busca un lugar con luz tenue y silencioso en el que te puedas sentar. Ponte en sintonía con tu sombra.

¿Qué está provocando a mi sombra? El trabajo y mi presentación de mañana

¿Qué pensamientos tengo? Quiero renunciar. Este trabajo me consume.

No puedo hacer la presentación mañana; me falta preparación ...

¿Qué emociones siento? Ansiedad, temor

Cierra los ojos. Escucha a tu voz interior. ¿Qué tres palabras te vienen a la mente? Escríbelas. Contienen gran significado.

| Atrapado/a | Nervioso/a | Pesado/a |

¿Qué recuerdos o imágenes te vienen a la mente cuando te concentras en estas palabras? Conéctate con tu niño/a interior.
Pienso en un pájaro que mira hacia fuera desde el interior de una jaula.

Sé que existe la libertad al otro lado, pero me da nervios volar.

Siento nervios y ansiedad con respecto a mi capacidad... ¿y si me largo y

no llego muy lejos? Siento un gran peso, como si ese peso me halara hacia abajo.

Así me sentía de pequeño/a en la escuela, siempre mirando a través de

la ventana y luchando por entender el material en clase.

Establece la intención de aceptar y amar a tu niño/a interior energéticamente. Ahora puedes soltar.

Cómo llegar a la raíz de tu sombra

Busca un lugar con luz tenue y silencioso en el que te puedas sentar. Ponte en sintonía con tu sombra.

¿Qué está provocando a mi sombra? _____

¿Qué pensamientos tengo? _____

_____

¿Qué emociones siento? _____

_____

Cierra los ojos. Escucha a tu voz interior. ¿Qué tres palabras te vienen a la mente? Escríbelas. Contienen gran significado.

¿Qué recuerdos o imágenes te vienen a la mente cuando te concentras en estas palabras? Conéctate con tu niño/a interior.

_____

_____

_____

_____

_____

_____

Establece la intención de aceptar y amar a tu niño/a interior energéticamente. Ahora puedes soltar.

Cómo llegar a la raíz de tu sombra

Busca un lugar con luz tenue y silencioso en el que te puedas sentar. Ponte en sintonía con tu sombra.

¿Qué está provocando a mi sombra? _____

¿Qué pensamientos tengo? _____

_____

¿Qué emociones siento? _____

_____

Cierra los ojos. Escucha a tu voz interior. ¿Qué tres palabras te vienen a la mente? Escríbelas. Contienen gran significado.

¿Qué recuerdos o imágenes te vienen a la mente cuando te concentras en estas palabras? Conéctate con tu niño/a interior.

_____

_____

_____

_____

_____

_____

Establece la intención de aceptar y amar a tu niño/a interior energéticamente. Ahora puedes soltar.

Cómo llegar a la raíz de tu sombra

Busca un lugar con luz tenue y silencioso en el que te puedas sentar. Ponte en sintonía con tu sombra.

¿Qué está provocando a mi sombra? _____

¿Qué pensamientos tengo? _____

_____

¿Qué emociones siento? _____

_____

Cierra los ojos. Escucha a tu voz interior. ¿Qué tres palabras te vienen a la mente? Escríbelas. Contienen gran significado.

¿Qué recuerdos o imágenes te vienen a la mente cuando te concentras en estas palabras? Conéctate con tu niño/a interior.

_____

_____

_____

_____

_____

_____

Establece la intención de aceptar y amar a tu niño/a interior energéticamente. Ahora puedes soltar.

Cómo llegar a la raíz de tu sombra

Busca un lugar con luz tenue y silencioso en el que te puedas sentar. Ponte en sintonía con tu sombra.

¿Qué está provocando a mi sombra? _____

¿Qué pensamientos tengo? _____

_____

¿Qué emociones siento? _____

_____

Cierra los ojos. Escucha a tu voz interior. ¿Qué tres palabras te vienen a la mente? Escríbelas. Contienen gran significado.

¿Qué recuerdos o imágenes te vienen a la mente cuando te concentras en estas palabras? Conéctate con tu niño/a interior.

_____

_____

_____

_____

_____

_____

Establece la intención de aceptar y amar a tu niño/a interior energéticamente. Ahora puedes soltar.

Cómo llegar a la raíz de tu sombra

Busca un lugar con luz tenue y silencioso en el que te puedas sentar. Ponte en sintonía con tu sombra.

¿Qué está provocando a mi sombra? _____

¿Qué pensamientos tengo? _____

_____

¿Qué emociones siento? _____

_____

Cierra los ojos. Escucha a tu voz interior. ¿Qué tres palabras te vienen a la mente? Escríbelas. Contienen gran significado.

¿Qué recuerdos o imágenes te vienen a la mente cuando te concentras en estas palabras? Conéctate con tu niño/a interior.

_____

_____

_____

_____

_____

_____

Establece la intención de aceptar y amar a tu niño/a interior energéticamente. Ahora puedes soltar.

Cómo llegar a la raíz de tu sombra

Busca un lugar con luz tenue y silencioso en el que te puedas sentar. Ponte en sintonía con tu sombra.

¿Qué está provocando a mi sombra? _____

¿Qué pensamientos tengo? _____

_____

¿Qué emociones siento? _____

_____

Cierra los ojos. Escucha a tu voz interior. ¿Qué tres palabras te vienen a la mente? Escríbelas. Contienen gran significado.

¿Qué recuerdos o imágenes te vienen a la mente cuando te concentras en estas palabras? Conéctate con tu niño/a interior.

_____

_____

_____

_____

_____

Establece la intención de aceptar y amar a tu niño/a interior energéticamente. Ahora puedes soltar.

Cómo llegar a la raíz de tu sombra

Busca un lugar con luz tenue y silencioso en el que te puedas sentar. Ponte en sintonía con tu sombra.

¿Qué está provocando a mi sombra? _____

¿Qué pensamientos tengo? _____

_____

¿Qué emociones siento? _____

_____

Cierra los ojos. Escucha a tu voz interior. ¿Qué tres palabras te vienen a la mente? Escríbelas. Contienen gran significado.

¿Qué recuerdos o imágenes te vienen a la mente cuando te concentras en estas palabras? Conéctate con tu niño/a interior.

_____

_____

_____

_____

_____

_____

Establece la intención de aceptar y amar a tu niño/a interior energéticamente. Ahora puedes soltar.

Cómo llegar a la raíz de tu sombra

Busca un lugar con luz tenue y silencioso en el que te puedas sentar. Ponte en sintonía con tu sombra.

¿Qué está provocando a mi sombra? _____

¿Qué pensamientos tengo? _____

_____

¿Qué emociones siento? _____

_____

Cierra los ojos. Escucha a tu voz interior. ¿Qué tres palabras te vienen a la mente? Escríbelas. Contienen gran significado.

¿Qué recuerdos o imágenes te vienen a la mente cuando te concentras en estas palabras? Conéctate con tu niño/a interior.

_____

_____

_____

_____

_____

Establece la intención de aceptar y amar a tu niño/a interior energéticamente. Ahora puedes soltar.

Cómo llegar a la raíz de tu sombra

Busca un lugar con luz tenue y silencioso en el que te puedas sentar.
Ponte en sintonía con tu sombra.

¿Qué está provocando a mi sombra? _____

¿Qué pensamientos tengo? _____

_____

¿Qué emociones siento? _____

_____

Cierra los ojos. Escucha a tu voz interior. ¿Qué tres palabras te vienen
a la mente? Escríbelas. Contienen gran significado.

¿Qué recuerdos o imágenes te vienen a la mente cuando te concentras
en estas palabras? Conéctate con tu niño/a interior.

_____

_____

_____

_____

_____

Establece la intención de aceptar y amar a tu niño/a interior
energéticamente. Ahora puedes soltar.

Cómo llegar a la raíz de tu sombra

Busca un lugar con luz tenue y silencioso en el que te puedas sentar. Ponte en sintonía con tu sombra.

¿Qué está provocando a mi sombra? _____

¿Qué pensamientos tengo? _____

_____

¿Qué emociones siento? _____

_____

Cierra los ojos. Escucha a tu voz interior. ¿Qué tres palabras te vienen a la mente? Escríbelas. Contienen gran significado.

¿Qué recuerdos o imágenes te vienen a la mente cuando te concentras en estas palabras? Conéctate con tu niño/a interior.

_____

_____

_____

_____

_____

Establece la intención de aceptar y amar a tu niño/a interior energéticamente. Ahora puedes soltar.

Cómo llegar a la raíz de tu sombra

Busca un lugar con luz tenue y silencioso en el que te puedas sentar. Ponte en sintonía con tu sombra.

¿Qué está provocando a mi sombra? _____

¿Qué pensamientos tengo? _____

_____

¿Qué emociones siento? _____

_____

Cierra los ojos. Escucha a tu voz interior. ¿Qué tres palabras te vienen a la mente? Escríbelas. Contienen gran significado.

¿Qué recuerdos o imágenes te vienen a la mente cuando te concentras en estas palabras? Conéctate con tu niño/a interior.

_____

_____

_____

_____

_____

Establece la intención de aceptar y amar a tu niño/a interior energéticamente. Ahora puedes soltar.

Cómo llegar a la raíz de tu sombra

Busca un lugar con luz tenue y silencioso en el que te puedas sentar.
Ponte en sintonía con tu sombra.

¿Qué está provocando a mi sombra? _____

¿Qué pensamientos tengo? _____

_____

¿Qué emociones siento? _____

_____

Cierra los ojos. Escucha a tu voz interior. ¿Qué tres palabras te vienen
a la mente? Escríbelas. Contienen gran significado.

¿Qué recuerdos o imágenes te vienen a la mente cuando te concentras
en estas palabras? Conéctate con tu niño/a interior.

_____

_____

_____

_____

_____

_____

Establece la intención de aceptar y amar a tu niño/a interior
energéticamente. Ahora puedes soltar.

Cómo llegar a la raíz de tu sombra

Busca un lugar con luz tenue y silencioso en el que te puedas sentar.
Ponte en sintonía con tu sombra.

¿Qué está provocando a mi sombra? _____

¿Qué pensamientos tengo? _____

_____

¿Qué emociones siento? _____

_____

Cierra los ojos. Escucha a tu voz interior. ¿Qué tres palabras te vienen
a la mente? Escríbelas. Contienen gran significado.

¿Qué recuerdos o imágenes te vienen a la mente cuando te concentras
en estas palabras? Conéctate con tu niño/a interior.

_____

_____

_____

_____

_____

_____

Establece la intención de aceptar y amar a tu niño/a interior
energéticamente. Ahora puedes soltar.

Cómo llegar a la raíz de tu sombra

Busca un lugar con luz tenue y silencioso en el que te puedas sentar. Ponte en sintonía con tu sombra.

¿Qué está provocando a mi sombra? _____

¿Qué pensamientos tengo? _____

_____

¿Qué emociones siento? _____

_____

Cierra los ojos. Escucha a tu voz interior. ¿Qué tres palabras te vienen a la mente? Escríbelas. Contienen gran significado.

¿Qué recuerdos o imágenes te vienen a la mente cuando te concentras en estas palabras? Conéctate con tu niño/a interior.

_____

_____

_____

_____

_____

Establece la intención de aceptar y amar a tu niño/a interior energéticamente. Ahora puedes soltar.

Cómo llegar a la raíz de tu sombra

Busca un lugar con luz tenue y silencioso en el que te puedas sentar. Ponte en sintonía con tu sombra.

¿Qué está provocando a mi sombra? _____

¿Qué pensamientos tengo? _____

_____

¿Qué emociones siento? _____

_____

Cierra los ojos. Escucha a tu voz interior. ¿Qué tres palabras te vienen a la mente? Escríbelas. Contienen gran significado.

¿Qué recuerdos o imágenes te vienen a la mente cuando te concentras en estas palabras? Conéctate con tu niño/a interior.

_____

_____

_____

_____

_____

Establece la intención de aceptar y amar a tu niño/a interior energéticamente. Ahora puedes soltar.

Cómo llegar a la raíz de tu sombra

Busca un lugar con luz tenue y silencioso en el que te puedas sentar. Ponte en sintonía con tu sombra.

¿Qué está provocando a mi sombra? _____

¿Qué pensamientos tengo? _____

_____

¿Qué emociones siento? _____

_____

Cierra los ojos. Escucha a tu voz interior. ¿Qué tres palabras te vienen a la mente? Escríbelas. Contienen gran significado.

¿Qué recuerdos o imágenes te vienen a la mente cuando te concentras en estas palabras? Conéctate con tu niño/a interior.

_____

_____

_____

_____

_____

Establece la intención de aceptar y amar a tu niño/a interior energéticamente. Ahora puedes soltar.

Cómo llegar a la raíz de tu sombra

Busca un lugar con luz tenue y silencioso en el que te puedas sentar. Ponte en sintonía con tu sombra.

¿Qué está provocando a mi sombra? _____

¿Qué pensamientos tengo? _____

_____

¿Qué emociones siento? _____

_____

Cierra los ojos. Escucha a tu voz interior. ¿Qué tres palabras te vienen a la mente? Escríbelas. Contienen gran significado.

¿Qué recuerdos o imágenes te vienen a la mente cuando te concentras en estas palabras? Conéctate con tu niño/a interior.

_____

_____

_____

_____

_____

_____

Establece la intención de aceptar y amar a tu niño/a interior energéticamente. Ahora puedes soltar.

Cómo llegar a la raíz de tu sombra

Busca un lugar con luz tenue y silencioso en el que te puedas sentar.
Ponte en sintonía con tu sombra.

¿Qué está provocando a mi sombra? _____

¿Qué pensamientos tengo? _____

_____

¿Qué emociones siento? _____

_____

Cierra los ojos. Escucha a tu voz interior. ¿Qué tres palabras te vienen
a la mente? Escríbelas. Contienen gran significado.

¿Qué recuerdos o imágenes te vienen a la mente cuando te concentras
en estas palabras? Conéctate con tu niño/a interior.

_____

_____

_____

_____

_____

_____

Establece la intención de aceptar y amar a tu niño/a interior
energéticamente. Ahora puedes soltar.

Cómo llegar a la raíz de tu sombra

Busca un lugar con luz tenue y silencioso en el que te puedas sentar. Ponte en sintonía con tu sombra.

¿Qué está provocando a mi sombra? _____

¿Qué pensamientos tengo? _____

_____

¿Qué emociones siento? _____

_____

Cierra los ojos. Escucha a tu voz interior. ¿Qué tres palabras te vienen a la mente? Escríbelas. Contienen gran significado.

¿Qué recuerdos o imágenes te vienen a la mente cuando te concentras en estas palabras? Conéctate con tu niño/a interior.

_____

_____

_____

_____

_____

Establece la intención de aceptar y amar a tu niño/a interior energéticamente. Ahora puedes soltar.

Cómo llegar a la raíz de tu sombra

Busca un lugar con luz tenue y silencioso en el que te puedas sentar. Ponte en sintonía con tu sombra.

¿Qué está provocando a mi sombra? _____

¿Qué pensamientos tengo? _____

_____

¿Qué emociones siento? _____

_____

Cierra los ojos. Escucha a tu voz interior. ¿Qué tres palabras te vienen a la mente? Escríbelas. Contienen gran significado.

¿Qué recuerdos o imágenes te vienen a la mente cuando te concentras en estas palabras? Conéctate con tu niño/a interior.

_____

_____

_____

_____

_____

Establece la intención de aceptar y amar a tu niño/a interior energéticamente. Ahora puedes soltar.

Cómo llegar a la raíz de tu sombra

Busca un lugar con luz tenue y silencioso en el que te puedas sentar. Ponte en sintonía con tu sombra.

¿Qué está provocando a mi sombra? _____

¿Qué pensamientos tengo? _____

_____

¿Qué emociones siento? _____

_____

Cierra los ojos. Escucha a tu voz interior. ¿Qué tres palabras te vienen a la mente? Escríbelas. Contienen gran significado.

¿Qué recuerdos o imágenes te vienen a la mente cuando te concentras en estas palabras? Conéctate con tu niño/a interior.

_____

_____

_____

_____

_____

_____

Establece la intención de aceptar y amar a tu niño/a interior energéticamente. Ahora puedes soltar.

Cómo llegar a la raíz de tu sombra

Busca un lugar con luz tenue y silencioso en el que te puedas sentar.
Ponte en sintonía con tu sombra.

¿Qué está provocando a mi sombra? _____

¿Qué pensamientos tengo? _____

_____

¿Qué emociones siento? _____

_____

Cierra los ojos. Escucha a tu voz interior. ¿Qué tres palabras te vienen
a la mente? Escríbelas. Contienen gran significado.

¿Qué recuerdos o imágenes te vienen a la mente cuando te concentras
en estas palabras? Conéctate con tu niño/a interior.

_____

_____

_____

_____

_____

Establece la intención de aceptar y amar a tu niño/a interior
energéticamente. Ahora puedes soltar.

Cómo llegar a la raíz de tu sombra

Busca un lugar con luz tenue y silencioso en el que te puedas sentar. Ponte en sintonía con tu sombra.

¿Qué está provocando a mi sombra? _____

¿Qué pensamientos tengo? _____

_____

¿Qué emociones siento? _____

_____

Cierra los ojos. Escucha a tu voz interior. ¿Qué tres palabras te vienen a la mente? Escríbelas. Contienen gran significado.

¿Qué recuerdos o imágenes te vienen a la mente cuando te concentras en estas palabras? Conéctate con tu niño/a interior.

_____

_____

_____

_____

_____

_____

Establece la intención de aceptar y amar a tu niño/a interior energéticamente. Ahora puedes soltar.

Cómo llegar a la raíz de tu sombra

Busca un lugar con luz tenue y silencioso en el que te puedas sentar.
Ponte en sintonía con tu sombra.

¿Qué está provocando a mi sombra? _____

¿Qué pensamientos tengo? _____

_____

¿Qué emociones siento? _____

_____

Cierra los ojos. Escucha a tu voz interior. ¿Qué tres palabras te vienen
a la mente? Escríbelas. Contienen gran significado.

¿Qué recuerdos o imágenes te vienen a la mente cuando te concentras
en estas palabras? Conéctate con tu niño/a interior.

_____

_____

_____

_____

_____

_____

Establece la intención de aceptar y amar a tu niño/a interior
energéticamente. Ahora puedes soltar.

Cómo llegar a la raíz de tu sombra

Busca un lugar con luz tenue y silencioso en el que te puedas sentar.
Ponte en sintonía con tu sombra.

¿Qué está provocando a mi sombra? _____

¿Qué pensamientos tengo? _____

_____

¿Qué emociones siento? _____

_____

Cierra los ojos. Escucha a tu voz interior. ¿Qué tres palabras te vienen
a la mente? Escríbelas. Contienen gran significado.

¿Qué recuerdos o imágenes te vienen a la mente cuando te concentras
en estas palabras? Conéctate con tu niño/a interior.

_____

_____

_____

_____

_____

_____

Establece la intención de aceptar y amar a tu niño/a interior
energéticamente. Ahora puedes soltar.

Cómo llegar a la raíz de tu sombra

Busca un lugar con luz tenue y silencioso en el que te puedas sentar. Ponte en sintonía con tu sombra.

¿Qué está provocando a mi sombra? _____

¿Qué pensamientos tengo? _____

_____

¿Qué emociones siento? _____

_____

Cierra los ojos. Escucha a tu voz interior. ¿Qué tres palabras te vienen a la mente? Escríbelas. Contienen gran significado.

¿Qué recuerdos o imágenes te vienen a la mente cuando te concentras en estas palabras? Conéctate con tu niño/a interior.

_____

_____

_____

_____

_____

_____

Establece la intención de aceptar y amar a tu niño/a interior energéticamente. Ahora puedes soltar.

Cómo llegar a la raíz de tu sombra

Busca un lugar con luz tenue y silencioso en el que te puedas sentar.
Ponte en sintonía con tu sombra.

¿Qué está provocando a mi sombra? _____

¿Qué pensamientos tengo? _____

_____

¿Qué emociones siento? _____

_____

Cierra los ojos. Escucha a tu voz interior. ¿Qué tres palabras te vienen
a la mente? Escríbelas. Contienen gran significado.

¿Qué recuerdos o imágenes te vienen a la mente cuando te concentras
en estas palabras? Conéctate con tu niño/a interior.

_____

_____

_____

_____

_____

_____

Establece la intención de aceptar y amar a tu niño/a interior
energéticamente. Ahora puedes soltar.

Cómo llegar a la raíz de tu sombra

Busca un lugar con luz tenue y silencioso en el que te puedas sentar. Ponte en sintonía con tu sombra.

¿Qué está provocando a mi sombra? _____

¿Qué pensamientos tengo? _____

_____

¿Qué emociones siento? _____

_____

Cierra los ojos. Escucha a tu voz interior. ¿Qué tres palabras te vienen a la mente? Escríbelas. Contienen gran significado.

¿Qué recuerdos o imágenes te vienen a la mente cuando te concentras en estas palabras? Conéctate con tu niño/a interior.

_____

_____

_____

_____

_____

Establece la intención de aceptar y amar a tu niño/a interior energéticamente. Ahora puedes soltar.

Cómo llegar a la raíz de tu sombra

Busca un lugar con luz tenue y silencioso en el que te puedas sentar. Ponte en sintonía con tu sombra.

¿Qué está provocando a mi sombra? _____

¿Qué pensamientos tengo? _____

_____

¿Qué emociones siento? _____

_____

Cierra los ojos. Escucha a tu voz interior. ¿Qué tres palabras te vienen a la mente? Escríbelas. Contienen gran significado.

¿Qué recuerdos o imágenes te vienen a la mente cuando te concentras en estas palabras? Conéctate con tu niño/a interior.

_____

_____

_____

_____

_____

_____

Establece la intención de aceptar y amar a tu niño/a interior energéticamente. Ahora puedes soltar.

Cómo llegar a la raíz de tu sombra

Busca un lugar con luz tenue y silencioso en el que te puedas sentar. Ponte en sintonía con tu sombra.

¿Qué está provocando a mi sombra? _____

¿Qué pensamientos tengo? _____

_____

¿Qué emociones siento? _____

_____

Cierra los ojos. Escucha a tu voz interior. ¿Qué tres palabras te vienen a la mente? Escríbelas. Contienen gran significado.

¿Qué recuerdos o imágenes te vienen a la mente cuando te concentras en estas palabras? Conéctate con tu niño/a interior.

_____

_____

_____

_____

_____

Establece la intención de aceptar y amar a tu niño/a interior energéticamente. Ahora puedes soltar.

Cómo llegar a la raíz de tu sombra

Busca un lugar con luz tenue y silencioso en el que te puedas sentar. Ponte en sintonía con tu sombra.

¿Qué está provocando a mi sombra? _____

¿Qué pensamientos tengo? _____

_____

¿Qué emociones siento? _____

_____

Cierra los ojos. Escucha a tu voz interior. ¿Qué tres palabras te vienen a la mente? Escríbelas. Contienen gran significado.

¿Qué recuerdos o imágenes te vienen a la mente cuando te concentras en estas palabras? Conéctate con tu niño/a interior.

_____

_____

_____

_____

_____

Establece la intención de aceptar y amar a tu niño/a interior energéticamente. Ahora puedes soltar.

Cómo llegar a la raíz de tu sombra

Busca un lugar con luz tenue y silencioso en el que te puedas sentar.
Ponte en sintonía con tu sombra.

¿Qué está provocando a mi sombra? _____

¿Qué pensamientos tengo? _____

_____

¿Qué emociones siento? _____

_____

Cierra los ojos. Escucha a tu voz interior. ¿Qué tres palabras te vienen
a la mente? Escríbelas. Contienen gran significado.

¿Qué recuerdos o imágenes te vienen a la mente cuando te concentras
en estas palabras? Conéctate con tu niño/a interior.

_____

_____

_____

_____

_____

Establece la intención de aceptar y amar a tu niño/a interior
energéticamente. Ahora puedes soltar.

Cómo llegar a la raíz de tu sombra

Busca un lugar con luz tenue y silencioso en el que te puedas sentar.
Ponte en sintonía con tu sombra.

¿Qué está provocando a mi sombra? _____

¿Qué pensamientos tengo? _____

_____

¿Qué emociones siento? _____

_____

Cierra los ojos. Escucha a tu voz interior. ¿Qué tres palabras te vienen
a la mente? Escríbelas. Contienen gran significado.

¿Qué recuerdos o imágenes te vienen a la mente cuando te concentras
en estas palabras? Conéctate con tu niño/a interior.

_____

_____

_____

_____

_____

_____

Establece la intención de aceptar y amar a tu niño/a interior
energéticamente. Ahora puedes soltar.

Cómo llegar a la raíz de tu sombra

Busca un lugar con luz tenue y silencioso en el que te puedas sentar.
Ponte en sintonía con tu sombra.

¿Qué está provocando a mi sombra? _____

¿Qué pensamientos tengo? _____

_____

¿Qué emociones siento? _____

_____

Cierra los ojos. Escucha a tu voz interior. ¿Qué tres palabras te vienen
a la mente? Escríbelas. Contienen gran significado.

¿Qué recuerdos o imágenes te vienen a la mente cuando te concentras
en estas palabras? Conéctate con tu niño/a interior.

_____

_____

_____

_____

_____

_____

Establece la intención de aceptar y amar a tu niño/a interior
energéticamente. Ahora puedes soltar.

Cómo llegar a la raíz de tu sombra

Busca un lugar con luz tenue y silencioso en el que te puedas sentar. Ponte en sintonía con tu sombra.

¿Qué está provocando a mi sombra? _____

¿Qué pensamientos tengo? _____

_____

¿Qué emociones siento? _____

_____

Cierra los ojos. Escucha a tu voz interior. ¿Qué tres palabras te vienen a la mente? Escríbelas. Contienen gran significado.

¿Qué recuerdos o imágenes te vienen a la mente cuando te concentras en estas palabras? Conéctate con tu niño/a interior.

_____

_____

_____

_____

_____

_____

Establece la intención de aceptar y amar a tu niño/a interior energéticamente. Ahora puedes soltar.

Recursos (en inglés)

- Aplicación Zenfulnote – Esta es una aplicación que te permite llevar un registro de tus detonantes emocionales, destellos de esperanza y estados de ánimo. Es un espacio virtual para la autoexploración con consignas, ejercicios y materiales de aprendizaje en torno a la autosanación y el trabajo con la sombra.

- Instituto Nacional de Salud Mental (NIMH, por su sigla en inglés) – Esta es una organización financiada por el gobierno estadounidense que brinda información y recursos acerca de varias condiciones de salud mental.

- Asociación Estadounidense de Psicología (APA, por su sigla en inglés) – Esta es una organización profesional para psicólogos/as que brinda información y recursos tanto para profesionales de la salud mental como para el público en general.

- Psychology Today (Psychologytoday.com) – Este es un directorio web que te permite buscar terapeutas, psicólogos/as y más por ubicación y tipo de proveedor.

- Alianza Nacional de Salud Mental (NAMI, por su sigla en inglés) – Esta es una organización comunitaria que brinda apoyo y educación a personas que viven con problemas de salud mental.

- Alianza de Apoyo a la Depresión y la Bipolaridad (DBSA, por su sigla en inglés) – Esta es una organización nacional que brinda apoyo de pares y educación para aquellos que viven con depresión y bipolaridad.

- The Depression Project – Esta es una plataforma en línea que brinda recursos, apoyo y una comunidad para quienes viven con depresión.

- Therapy for Black Girls – Este es un directorio web y un recurso que ayuda a mujeres negras brindando apoyo de proveedores de la salud mental matriculados.

- Therapy for LatinX – Esta es una base de datos de terapeutas que se identifican como LatinX o que han trabajado de cerca con comunidades LatinX y comprenden sus necesidades. www.therapyforlatinx.com

- Talkspace – Un servicio de terapia en línea que ofrece apoyo a personas que lidian con la depresión, la ansiedad y una amplia gama de problemas de salud mental, facilitándoles el acceso a consejería profesional.

- BetterHelp – Una plataforma digital de consejería que conecta a usuarios con terapeutas para el tratamiento personalizado de la depresión, el estrés y demás aflicciones psicológicas, mejorando así el bienestar mental.

- Asociación de Depresión y Ansiedad de América (ADDA, por su sigla en inglés) – Esta es una organización sin fines de lucro que brinda educación y apoyo a aquellos que viven con ansiedad, depresión y demás desórdenes relacionados.

- Centro de Bienestar de Sanación Avanzada (AHWC, por su sigla en inglés) – Este es un centro que pone el énfasis en un enfoque holístico de la salud y el bienestar. Su enfoque integra componentes físicos, emocionales, mentales, nutricionales y espirituales, y reestablece el equilibrio hacia dentro y hacia fuera.

DESCARGA *la* APLICACIÓN

ESCANEA AQUÍ

EL ESPACIO DONDE SE UNEN LA TECNOLOGÍA Y LA TRANSFORMACIÓN INTERIOR

· Seguimiento de detonantes emocionales

· Conexión con tus sentimientos

· Consignas para tu diario

· Ejercicios sanadores

· Observación de patrones emocionales a lo largo del tiempo